# アリスのワンダーランド

－『不思議の国のアリス』150年の旅 －

# アリスのワンダーランド

― 『不思議の国のアリス』150年の旅 ―

キャサリン・ニコルズ 著

ゆまに書房

Alice's Wonderland　A Visual Journey through Lewis Carroll's Mad, Mad World

Copyright©text 2014 by Race Point Publishing

Copyright©cover illustration 2014 by Shannon Bonatakis

Japanese translation rights arranged with Race Point Publishing through

Japan UNI Agency,Inc.,Tokyo

本書は、"Alice's Wonderland　A Visual Journey through Lewis Carroll's Mad, Mad World"の日本語版である。本文中に出てくる各種作品名は、正式な邦訳があるものは『邦題』を、正式な邦訳がないものは、初出については『仮邦題（原題）』、その後は『仮邦題』のみを記している。（ゆまに書房 出版部）

# 目次

序文 ................................................................... vii
イントロダクション ................................................. xi

第1章：アリスの背景 ............................................... 1
第2章：アリスのイラストレーターたち ........................ 19
第3章：舞台版アリス ............................................... 39
第4章：映画版アリス ............................................... 55
第5章：テレビ版アリス ............................................ 77
第6章：アニメ版アリス ............................................ 101
第7章：アリスから生まれた本や音楽 ......................... 121
第8章：アリスにまつわるゲームやおもちゃ ................ 155
第9章：現代世界とアリス ........................................ 177

索引 ................................................................... 196
写真クレジット ..................................................... 199

# 序文

## マーク・バースタイン

この序文は、チャールズ・ラトウィッジ・ドジソン（ペンネーム：ルイス・キャロル）や『アリス』を紹介するために書かれたものではない。その理由は2つある。第一に、キャロルとその作品は我々の文化にすっかり根付いており、彼が作り出した「果てしないおとぎ話」（キャロルは日記の中で『アリス』のことをこう呼んでいる）に出会ったことのない人間は皆無に等しいからだ。そして第二に、今あなたが手にしているこの本において、著者のキャサリン・ニコルズが詳細な情報を巧みに語ってくれているからである。

児童文学の歴史は、「B.C.」と「A.D.」の2つの時代に分けられる（B.C. は Before Carroll〔キャロル以前〕、A.D. は After Dodgson〔ドジソン以後〕を指す）。つまり、キャロルの出現はいわば児童文学史におけるターニングポイントなのだ。彼はそれ以前の子ども向け作品の特徴であった偽善的モラルや陰気さを一掃し、想像力という明るい光を一気に解き放った。型破りのユーモアやシニカルな姿勢によって時代の因襲に反旗を翻したのだ。教訓やお説教の代わりに言葉遊びやパラドックスを詰め込み、「大人の権威に疑問を投げかける冷静なヒロイン」を主役に据えたキャロルの作品は、当時の児童文学とは一線を画す存在であっただけでなく、現代文学の先駆けと言えるものである。

『不思議の国のアリス』は1865年の晩秋に正式に出版されている。白のベラム革で装丁されたこの新刊書は、同年7月4日、あの有名なボート遊びの日を記念して、主人公のモデルであるアリス・リデルに贈呈された。ちょうど3年前のこの日、キャロルはアイシス川（テムズ川）をボートでさかのぼりながら、アリスの物語をリデル三姉妹に初めて語って聞かせたのだった。

これまでに無数の書籍がキャロルのエポックメイキングな作品に賛辞を贈ってきた。『アリス』は英語圏において最も引用された回数の多い小説である。それはまた、最も多様なイラストレーターによって挿絵を施され、最も多く翻訳された小説の一つでもある。さらに、とりわけマーティン・ガードナーの『注釈版アリス（The Annotated Alice）』（ブラムホール・ハウス社、1960年）の出版以降、最も詳細に分析されている本だと言えるだろう。私のささやかな蔵書の中だけでも、300人以上のイラストレーターが『アリス』の挿絵を手がけている。また、わが北米ルイス・キャロル協会と提携して出版された学術書『不思議な世界のアリス（Alice in a World of Wonderlands）』（オーク・ノール社、2015年）によれば、『アリス』は140カ国語以上に翻訳されているという（ただし、これは方言を含んだ数字ではないかという意見もある）。一方、本書の最大の特長の一つは、著者のニコルズが書物以外のさまざまな分野、映画やミュージカル、バレエ、オペラ、漫画、ゲーム、アプリ、広告、ファッション、ファンアートなどにおけるキャロリアン（ルイス・キャロル愛好家）の見識を取り上げていることにある。

『アリス』にまつわるあらゆる出版物、模倣作品や（自称するところの）「続編」、伝記、書誌、料理本、グラフィックノベル、漫画、学術書、注釈本、考察本、ハンドブック、作品集、キャロルが愛したパズルや論理ゲーム、写真術に関する本などをすべて数えようとしたら、とたんにめまいがしてくるだろう。キャロル自身が本名やペンネームで発表した出版物だけでも（論説などを含めれば）300点以上にのぼる。それに加えて約6万通の書簡まで存在するのだ。

過去1世紀半にわたって、この作品が世界中の何人の子

ども（あるいは大人）を魅了してきたかは知る由もないが、その発行部数は何億とまではいかないにせよ、何千万部に達しているはずである。

　なぜこれほど多種多様な『アリス』の挿絵本が出版されているのだろうか？　その理由は2つある。一つはキャロルの文章にアリスの風貌についての記述がほとんど存在しなかったこと、そしてもう一つはキャロルと共同作業（アートディレクション）をおこなったジョン・テニエルの存在があったことだ。アリスの描写における興味深い「食い違い」の一つに「ドレスの色」がある。キャロルが正式に認可したすべてのアリス関連商品、テニエルが挿絵をカラー化し、E. ガートルード・トムソンが表紙を担当した『子ども部屋のアリス』（1890年／6ページを参照）や「不思議の国の切手ケース」（1889年）、デ・ラ・ルー社のカードゲーム（1899年／158ページを参照）において、アリスは淡黄色のドレスを着ている（ただし、エプロンには青のふちどりや、大きな青いリボンがあしらわれている）。また、初期の挿絵本では、イラストレーターによってドレスの色は千差万別である。しかし、とりわけディズニーによるアニメ映画『ふしぎの国のアリス』（1951年）の公開以降、たいていの人がアリスといえば「青いドレス」を思い浮かべるようになってしまっている。

　本書は第一級のイラストの紹介を目指しており、どのアーティストを取り上げるかについて、筆者は苦渋の選択をしなければならなかった。したがって、ひいきのイラストレーターの名前が見当たらず、ご不満のキャロリアンも多いに違いない。私としては、チャールズ・ロビンソン（1907年版）、ハリー・ラウントリー（1908年版）、ニコル・クラブルー（1974年版）、ドゥシャン・カーライ（1981年版）、イアセン・ギュゼレフ（2003年版）、アン・バシュリエ（2005年版）、ヤン・シュヴァンクマイエル（2006年版）、オレグ・リプチェンコ（2007年版）、レベッカ・ドートゥルメール（2010年版）、キセニア・ラブロワ（2013年版）らも捨てがたいところだ。マックス・エルンスト（28ページを参照）やビアトリクス・ポター、エドワード・ゴーリー、アニメ製作者のウォルト・ケリーといった素晴らしいアーティストも『アリス』のイラストを手がけているものの、1冊の本を満たすほどの分量ではなく、その多くは未発表に終わっている。『アリス』のイラストを最も網羅的に紹介している書籍としては、『イラストレーティング・

アリス（Illustrating Alice）』（アーティスツ・チョイス・エディションズ社、2013年）が挙げられる。また現在、マイケル・シュナイダーという進取の気性に富んだ人物が、文字をまったく使わず、イラストのみで構成された『アリス』の制作を試みている。彼は何百人ものアーティストを集め、1人につき1センテンスずつを割り当てて、その内容を自由なスタイルで描写してもらっているのだ。

　これまでにさまざまな映画版やテレビ版の『アリス』が制作されてきたが、私見では、真に満足のいく作品は存在しないように思われる。最も満足に近い出来だと感じたのは、ジョナサン・ミラー監督によるBBC制作のテレビドラマだ（81ページを参照）。この作品は1933年に公開されたパラマウントのオールスター映画に匹敵するような豪華キャストを誇っていた。『アリス』の映像化作品に傑作が見当たらない理由はいくつも考えられる。第一に、キャロルの原作はエピソードの集積で成り立っている作品であり、起承転結に欠けている。つまり短いシーンの連続であって、ひとつながりのストーリーではないのだ。第二に、翻案につきものの問題が、キャロル作品ではさらに深刻なものになる。というのも、キャロルの原作のセリフをそのままなぞるだけではありきたりすぎるし、かといって大幅にセリフを変えてしまうのは、シェイクスピアの文章を勝手に書き換えるようなものだからだ。第三に、さまざまなハリウッド的理由によって、『アリス』の翻案は（例えば『オズの魔法使い』などに比べて）大々的な扱いを受けてこなかったという点が挙げられる。ニコルズが指摘しているように、『不思議の国のアリス』が太陽だとすれば、『オズの魔法使い』は月のような存在である。『アリス』のウィットに富んだ引用句がもはや我々の文化の一部になっているのに対し、『オズ』の原作からの引用句でなじみのあるものは一つもない。有名なフレーズはすべて映画版から生まれたものだ。

　本書は、ウサギ穴を転がり落ち、「キャロリアンの国」へ迷い込もうとする人々のための優れた入門書である。また、すでにキャロルの世界にどっぷり浸かっている人々にとっての貴重な情報の宝庫でもある。

マーク・バースタイン
北米ルイス・キャロル協会会長

# イントロダクション

私とアリス（ルイス・キャロルが生んだ、エプロンドレス姿の勇敢なヒロイン）が最初に出会ったきっかけは、ある「お世辞」だった。当時4歳だった私は、家族と一緒に行きつけのレストランで食事をとっていた。食べ終わった後、出口に向かっていたときに、1人の女性が話しかけてきた。彼女は子どもの目線の高さに合わせてかがみ込み、私が着ていた青と白のドレスを「何てかわいいんでしょう！」と褒めた。そしてブロンドの長い髪にヘアバンドをつけた私のことを「アリスにそっくり」だと言ったのである。その「アリス」とやらがいったい誰なのか、幼い私には見当もつかなかったが、女性の口ぶりから大変な褒め言葉であることは伝わってきた。それから長い時間を経て、10代にさしかかった頃、私はようやく『不思議の国のアリス』をまともに通読することになった。夢中になって一気に読み終えた私は、それが途方もない傑作であり、アリスが不朽のキャラクターであることを思い知ったのである。

この作品を傑作たらしめている要素の一つが、物語の臨場感と奇抜さだ。本を開いたその瞬間から読者はアリスと一体化し、ともに試練をくぐり抜けることになる。我々はアリス自身となってウサギ穴を転がり落ち、自分の体が意に反して伸び縮みする体験を味わう。そして奇妙な生き物たち、チョッキを着た白ウサギ、水タバコを吸うイモムシ、突然現れては消えるチェシャ猫に遭遇する。さらには、マッド・ティーパーティーに参加し、ハートの女王とクロッケーをやらされる羽目になる。アリスは裁判にかけられた後、飛びかかってくるトランプを払いのけ、無事に帰還する。この時点で、アリス自身と同様に、読者もまた、権威に立ち向かい、逆境を乗り越えている。読後は快いカタルシスに包まれ、作者の独創性やウィットに感嘆しながら、本を閉じることになるだろう。

『不思議の国のアリス』（1865年）と『鏡の国のアリス』（1871年）は、刊行以来、一度も絶版していない。2つの作品は当初から世界中の読者の心をとらえ、西洋文学史に名を残す存在となっている。とはいえ、ただ本棚で埃をかぶっているわけではない。『アリス』はポップカルチャーの世界にまで進出しているのだ。作品に登場するキャラクターは本のページから飛び出し、舞台や映画、テレビ、美術館、店頭などにも出現し始めた。『アリス』はまた、聖書やシェイクスピアに次いで最も引用されることの多いテキストでもある。では、キャロルの作品はなぜ、これほど長く人々から愛され続けているのだろうか？　ビクトリア時代のその他の児童書がすっかり忘れ去られた後も、根強い人気を保っている理由は何か？

それはおそらく、『アリス』が無数の解釈を許容する物語であるからだろう。子どもたちは文字通りの「冒険物語」としてそれを味わい、大人はキャロルが披露するウィットや社会風刺に頬を緩める。一方、批評家や研究者はテキストに重層的に織り込まれた心理的な意味合いを探究しようとする。

本書の取材の過程で、私はイギリスのオックスフォード（ルイス・キャロルが30年間暮らし、『アリス』を書いた街）を訪ねた。石畳の道を散策していると、アリスやキャロルにちなんだものがたくさん目に入ってくる。「マッド・ティーパーティー（於：クライスト・チャーチ学寮）」の開催を告げるチラシや、バレエ版『不思議の国のアリス』の広告、ショーウィンドウに飾られたプロモーション用のアリスのティーカップ、さまざまな挿絵をあしらった『ア

リス』の希少な初版本を呼び物にする古書店。『鏡の国のアリス』に登場する「シープショップ」は、現在は「アリスショップ」に姿を変え、店内にはアリス関連の本やポストカード、Tシャツ、トートバッグ、人形などが所狭しと並んでいる。オックスフォード大学自然史博物館ではアリスにまつわる展示品だけでなく、キャロルの発明品や愛用のカメラなどを見ることができる。とりわけ心をそそるのが、テムズ川をさかのぼる「アリスクルーズ」だ。キャロルが初めて『アリス』の物語を披露し、リデル三姉妹を虜にした、あのボート遊びと同じルートをたどるものである。

それでもまだ今日の文化における『アリス』の影響力の大きさを疑う人がいたとしたら、インターネットで「アリス」や「不思議の国」といったワードを検索し、ヒット件数を確かめてみるといい。私が試したときには、約4000万件もの検索結果が上がってきた。刊行から150周年を迎える本にしては悪くない結果である。

本書は映画版や舞台版など、さまざまな『アリス』の翻案を取り上げているが、その制作年は数世紀にわたっている。『不思議の国のアリス』の刊行直後から、肥沃な土壌に蒔かれた種子の萌芽のごとく、翻案や派生作品が次々と生み出されてきた。キャロルの存命中の1886年に、初の舞台化作品も上演されている。おそらくキャロルは、アリスを題材にした初のカードゲーム「ザ・ゲーム・オブ・アリス・イン・ワンダーランド」（1882年）に興じたり、アンナ・マトラック・リチャーズの『古い不思議の国の新しいアリス（A New Alice in the Old Wonderland）』（1895年）のような派生作品を読んだりすることもあったのではないだろうか。

20世紀には、新たな形の翻案が次々に誕生した。1903年には『不思議の国のアリス』の初の映像化作品（セシル・ヘプワース監督による全編12分〔現存8分〕の無声映画）が登場している。映画の黎明期以来、人々は数多くの（実写版、あるいはアニメ版の）『アリス』を大スクリーンで楽しんできた。やがてテレビ時代の幕が開けると、プロデューサーたちはさっそく『アリス』の人気に便乗し始めた。1937年にはBBC制作の初のテレビ版『不思議の国のアリス』が誕生している。

21世紀になっても、ルイス・キャロルの2つの代表作の人気はいっこうに衰える気配がない。前世紀との唯一の違いは、テクノロジーの進化にある。今や紙の本を買う代わりに、パソコンやタブレットに作品をダウンロードできるようになった。アリス関連のアプリを購入したり、アリスが武器を集めていくゲームを楽しんだり、IMAX 3D版の『アリス・イン・ワンダーランド』を鑑賞したりすることも可能になったのだ。

では、今後に関してはどうか？　この先テクノロジーがどのような魔法を生み出すかについては知る由もない。だが一つだけ確かなことがある．それは『不思議の国のアリス』と『鏡の国のアリス』が、これからも永遠にポップカルチャーの一部であり続けるということだ。「元アリス似の少女」として、これ以上にうれしいことはない。

――キャサリン・ニコルズ

# 第1章
# アリスの背景

「はじめからはじめるがよい」王様は重々しく言いました。
「おわりにきたら、そこでやめるのじゃ」
——ルイス・キャロル『不思議の国のアリス』

1862年夏、ルイス・キャロル（本名チャールズ・ラトウィッジ・ドジソン）はオックスフォード大学のクライスト・チャーチ学寮に暮らす30歳の独身男だった。彼は数学の講師であり、その授業の退屈さは、学校中に知れ渡っていた。それゆえ、吃音癖のあるこの講師が、教室外で「子ども」という最高の聞き手を前にしたときに見せる雄弁ぶりは、学生たちにとって驚きだったに違いない。

キャロルは1832年、父・チャールズ・ドジソン牧師と母・フランシス・ジェーン・ラトウィッジの長男として生まれた。11人兄弟の第3子であった彼は、幼い子どもをあやすのがとてもうまかった。チェシャー州デアズベリーの牧師館で暮らしていた当時、キャロルは人形劇や手品を見せたり、お得意の「おはなし」を延々と聞かせたりして、弟や妹たちを喜ばせたものだった。そういうわけで、彼が（初めは学生として、のちに講師として）クライスト・チャーチ学寮にやってきたとき、実家とよく似た家庭的な環境を探し求めたとしても不思議ではなかった。彼はそうした「代理家族」を、学寮長のヘンリー・ジョージ・リデルとその妻子に見出したのである。1856年、リデル家の長男のハリーと親しくなったのをきっかけに、キャロルと一家との交流が始まった。ほどなくして、彼はロリーナ（通称イーナ）、アリス、イーディスの三姉妹に出会うことになる。彼は瞬く間に家族の一員として迎え入れられた。のちにイーナが「ドジソンさん（キャロル）とはいつの間にか知り合いになっていた」と語ったほどだった。

1862年夏には、長男のハリーは家を離れ、寄宿学校で暮らすようになっていた。だが、キャロルと三姉妹の交流は相変わらず続いた。彼はしょっちゅう3人を遠出に連れ出した。たいていは友人や親せきも一緒だった。同年7月4日、（おそらくは）白のフランネルのズボンに白い麦わら帽子といった出で立ちのキャロルは、友人のロビンソン・ダックワース牧師とロリーナ（13歳）、アリス（10歳）、イーディ

## チャールズ・ドジソンは、いかにしてルイス・キャロルとなったか

　1856年、24歳のチャールズ・ドジソンは『ザ・トレイン』誌に「孤独（Solitude）」という詩を発表するにあたって、同誌編集者のエドマンド・イエーツから「ペンネームを使ってはどうか」と勧められた。数学者としての著作物（本名名義）と文学作品の区別をはっきりさせたほうがいいというのだ。そこでドジソンはイエーツに、本名をもじった4つのペンネーム案、「Edgar Cuthwellis（エドガー・カスウェリス）」「Edgar U. C. Westhill（エドガー U. C. ウェストヒル）」「Louis Carroll（ルイス・キャロル）」「Lewis Carroll（ルイス・キャロル）」を書き送った。イエーツは4つ目の名前を選んだ。その後のことはご存じの通りである。

　「病的な隠遁癖」を持つ、恐ろしく内向的な人間であったドジソンは、「数学者」と「作家」という2つの人格をあくまで別個のものとして扱おうとした。オックスフォード大学の図書館員に「チャールズ・ドジソン⇔ルイス・キャロル」といった相互参照情報を削除するように要求したこともある（ちなみにこの依頼は却下された）。彼はまた、ルイス・キャロル宛ての手紙をすべて、次のような声明文とともに、差出人に送り返している。

　「ドジソン氏は周りからルイス・キャロル作品の著者として扱われることに閉口しており、そのような事実無根の噂をきっぱりと否定するべく、このリーフレットを作成することにした。彼はいかなるペンネームとも一切関わりがなく、本名以外の名義で発表されたあらゆる著作ともまったく無関係である……」

ス（8歳）を連れてテムズ川にボート遊びに出かけている。彼らはオックスフォードからゴッドストウまで川をさかのぼり、着いた先でピクニックを楽しんだ。

　キャロルたちは以前にもこうしたボート遊びに出かけ、船を漕ぎながら歌やゲームに興じたことがあった。しかし、今回の小旅行は特別なものになった。長旅に飽きたのか、そわそわと落ち着かない様子のアリスは、キャロルに「おはなし」をしてくれと頼んだ。そこでキャロルはアリスを喜ばせるために、彼女自身を主人公にした物語を語り始めたのである。それ自体は特に珍しいことではない。なにしろ彼はおはなしの名人だったからだ。しかし今回に限って、アリスはいつもとは違う要求を出してきた。その物語を書き留め、「本」にしてほしいと言ったのだ。

　翌日、オックスフォードからロンドンに向かう列車の車中で、キャロルは前の日に語った「おはなし」を手早く書き留め、以前に披露したエピソードをいくつか付け足してみた。しかし、彼がその物語に真剣に取り組み始めたのは、夏が終わり、秋も深まった同年11月のことである。翌年3月には、イラスト（キャロルの自作）に取りかかるところまで来ていた。

　1864年11月、「愛しい子どもへのクリスマスプレゼント、夏の日の思い出に」という献辞とともに、『地下の国

リデル三姉妹。左からイーディス、ロリーナ、アリス。キャロル自身による撮影（1859年頃）。

のアリス』と題された完成本がアリスに贈られた。緑色のベラム革で装丁され、内表紙に絡み合った花が描かれた本書はキャロルの肉筆本であり、彼自身の手による37点のイラストが盛り込まれていた。

『地下の国のアリス』の扉と献辞の原本。ロンドンの大英博物館所蔵。

のちに友人からその本を出版するように勧められたキャロルは、物語の改変に取り組み始めた。リデル姉妹に直接言及している箇所を削除し、いくつかの章に加筆して話を膨らませたり、新たな章を加えたりしたのである。彼はまた、チェシャ猫や三月ウサギ、帽子屋といった、元の作品には登場しない、新しいキャラクターを生み出した。加えて、一部の詩も改作している。とりわけ顕著な例が「ネズミの尾話（The Mouse's Tail）」である。さらにキャロルは新たな題名を考え出した。『地下の国のアリス』のままでは「鉱山に関する本」だと誤解されかねないと危惧した彼は、タイトルを『不思議の国のアリス』に変更したのである。

本文の仕上がりにすっかり満足したキャロルは、イラストレーター探しに目を向け始めた。当初は自作の挿絵を使おうとしたが、改めて考えてみて、自分に画才がないことを悟ったのである（とはいえ、『地下の国のアリス』のキャロルの挿絵を見る限りでは、まったく絵心がないというわけではなさそうだ）。

今日、アリス本といえば、ジョン・テニエルの挿絵抜きには語れなくなっているほどである。だが当初、テニエル

## 『不思議の国のアリス』の解釈

ウサギ穴に転がり落ちたアリスは、不可解なルールに支配された見知らぬ国に迷い込んでしまう。そこでは、自分の体が意に反して伸び縮みしたり、わけのわからないキャラクターが次々に登場したりする。彼らはみな、ことさらにひねくれた、付き合いにくい面々のようである。やがてアリスは相次ぐ試練を克服し、最終的には無事、優しい姉のもとへと戻っていく。これまでに数多くの批評家が『不思議の国のアリス』の解釈を論じ、大量の仮説を立ててきた。しかし、間違いなく言えるのは、この作品は「幼い子どもが複雑怪奇な大人の世界を苦労してくぐり抜け、無傷のまま、より賢くなって帰ってくる物語」だということだ。『不思議の国のアリス』という作品が、今日の若者にとっても新鮮な魅力に満ちているのは、物語の根底にあるこうしたテーマのおかげだろう。

キャロル自身の手による挿絵。アリスをメイドのメアリー・アンと間違えて話しかける白ウサギ（左）と、トカゲのビルを介抱するモルモットとその仲間たち（上）。

を招き入れるという選択は、非常に型破りであり、かつ値の張るものだった。彼ほどの大物イラストレーターを使うには、多額の費用がかかったからだ。当時、『パンチ』誌の常連寄稿者であったテニエルは、風刺漫画家としてその名を知られていた。

　キャロルはイラストレーターの座は譲ったものの、どのような挿絵を盛り込むかについては確固たる意見を持っており、そうした要望をしっかりとテニエルに伝えていた。完璧主義者で好みにうるさいキャロルは、テニエルに対して相応以上の提案を出してきたが、意見の相違が生じた場合は、芸術家としてのテニエルの見識に従うのが常だった。ただし、両者の主張がいっこうに折り合わない点が一つあった。それは「モデル」を使うかどうかという問題である。友人でイラストレーターのE. ガートルード・トムソンへの手紙の中で、キャロルはこうこぼしている。「これまでにいろいろなイラストレーターに挿絵を描いてもらったが、モデルを使うのを断固として拒んできたのはテニエル氏だけだ。『モデルなんかいなくても絵は描ける。君が九九の表を使わなくても数学の問題を解けるのと同じだ』というのだ！　彼の考え方は間違っていると言わざるを得ない。モデルを使わないせいで、テニエルが描いた『アリス』の挿絵の中には、バランスのおかしなものがいくつもある。頭が大きすぎたり、足が小さすぎたりするのだ」

　1865年7月4日、「自分を主人公にした本を書いてほしい」とアリス・リデルが言い出してから3年後に、ロンドンのマクミラン社から『不思議の国のアリス』が出版された。発行部数は2000部だった。しかし、テニエルは印刷の質の悪さに不満を示し、キャロルもその意見を支持した。結局、初版は回収されることになり、出版費用をすべて負担するという契約を結んでいたキャロルは、刷り直し費用の600ポンドを全額支払わなければならなかった。新版が出版されたのは同年11月のことだった。

　「輝かしい至高の芸術品」「軽妙な筆致」「横溢するユーモア」……これは『不思議の国のアリス』が世に出るやいなや、批評家から浴びせられた絶賛のほんの一部である。とはいえ、キャロルが身銭を切ってまで送り出したこの作品を、誰もがただちに名作と認めたわけではない。ある批評家は1886年12月16日付の『アテナイオン』誌の記事で次のように述べている。「このやけに凝った、不自然な物語は、子どもたちを喜ばせるというよりはむしろ、混乱させてしまうだろう」

　キャロルはのちに「0歳から5歳までの」幼児向けの簡略版『不思議の国のアリス』を執筆することになった。1890年、『子ども部屋のアリス』と題して発行された本書には、テニエルのおなじみの挿絵のうちの20点が、カラーで大きく掲載されている。ただし、表紙絵はE. ガー

## ボート遊びの一行

　キャロルは、あの夏の日のボート遊びの一行を『不思議の国のアリス』の第2章に登場させることで、彼らに永遠の命を与えている。アリスは涙の池（巨大化した自分の流した涙でできたもの）で泳ぐ羽目になる。彼女が水をかき分けていると、他の動物たちが池に飛び込んでくる。「アヒルやドードー鳥、インコ、ワシのひながいました。他にも変わった生き物がいろいろいます」、と描写されている。これらの鳥たちは、1862年7月4日にテムズ川でボート遊びをしたときの面々を表しており、そこにはキャロル自身も含まれている。「ドードー」はキャロルの姓「ドジソン」のもじりであり、彼のニックネームの一つでもあった。「アヒル（ダック）」は友人のロビンソン・ダックワース牧師、「インコ（ローリー）」はアリスの姉ロリーナ、「ワシのひな（イーグレット）」は、アリスの妹のイーディスを指している。

アリスに指ぬきを進呈するドードー鳥。伝説的イラストレーター、ジョン・テニエルが描くこのドードー鳥には、「人間の手」が生えている。

トルード・トムソンによって新たに描かれたものである。

『不思議の国のアリス』への称賛の声に気をよくしたキャロルは、続編の構想を練り始めた。1867年12月、彼は友人への手紙にこう書いている。「『鏡のおうちへの訪問(Alice's visit to Looking-Glass House)』の執筆はすこぶる順調だ」。しかし、キャロルがこの作品(『鏡の国のアリス』)を書き上げるまでには、それから数年の月日が必要だった。

E. ガートルード・トムソンが描いた『子ども部屋のアリス』初版の表紙絵。

『不思議の国のアリス』には主要キャラクターとして「トランプの札」が登場するが、続編では「チェス」が題材になっている。ゲームやパズルの愛好家だったキャロルは、格子状の平野を巨大なチェス盤に見立て、作品中で実際のチェスの試合を再現してみせる。今回も主人公はアリスであり、彼女はさまざまなチェスの駒との遭遇を重ねながら、歩兵(ポーン)から女王(クイーン)へと出世を遂げていく。

1932年、結婚してハーグリーブスという姓を名乗るようになっていたアリスは、この続編の大半が、あの有名なテムズ川のボート遊び以前に語られた物語に由来すると記している。「とりわけ、チェスの駒に関するくだりはそうです。こうした物語は、私たちが目を輝かせながらチェスのルールを学んでいた頃に語られたものでした」

キャロルはテニエルに続編の挿絵を依頼しようとした。しかし彼は多忙を理由にこの申し出をいったん断っている。そこでキャロルは他のイラストレーターにあたってみたが、誰からも色よい返事は得られなかった。結局、再三の説得を経て、テニエルが『鏡の国のアリス』の挿絵を引き受けることになった。ただし、好きなだけ時間をかけてもよいという条件つきで。この続編がようやく出版されたのは、1871年のクリスマスのことだった。

50点にのぼるテニエルの挿絵には、待つだけの価値が十分にあった。今回もまた、キャロルとテニエルは絵柄について論争を繰り広げていた。キャロルはアリスに大きく膨らんだスカートをはかせないでほしいと注文をつけた。また、白の騎士に「ひげ」は要らないと言い張った。しかし、後者についてはテニエルの意見が採用され、白の騎士は老人として描かれることになった。さらにテニエルは別の論争でも勝利を収めていた。「かつらをかぶったスズメバチ」の章をまるごと削除するようにキャロルを説得したのである。「悪く思わないでくれ。だが、この『スズメバチ』というキャラクターはちっとも面白くないし、どんな絵を描けばいいのかさっぱり思いつかないんだ」と、彼は手紙に記している。

キャロルは口絵のイラストについても不安を感じていた。テニエルの描いた「炎の瞳の怪物」ジャバーウォックはあまりにも恐ろしく、子どもたちを震えあがらせてしまうのではないかと思ったのだ。そこで30人の母親たちにイラストの写しを郵送し、意見を求めたところ、彼女たちもキャロルと同感であることがわかった。こうして世にも恐ろしいジャバーウォックのイラストは口絵から姿を消したのである。

『不思議の国のアリス』と同様に、この続編は世間と批評家の双方から高く評価され、キャロルの存命中に2作合わせて25万部以上を売り上げることになった。両作品は出版以来、一度も絶版になっていない。また、ハワイ語、イディッシュ語、エスペラント語を含む、140カ国語以上に翻訳されている。

右ページ:テニエルが描いたジャバーウォック。体は竜、頭は歯の生えた魚で、触角やかぎ爪を持つ。『鏡の国のアリス』の第1章には、アリスがこの怪物についての詩を読む場面がある。

# 実在のアリス

　不思議の国に閉じ込められ、永遠に子どもであり続けるアリスと違って、実在のアリス・リデルはやがて大人になり、子どもじみたお遊びから卒業していった。もはや「ドジソンさん」におはなしをねだることもなくなったのである。キャロルの不朽の名作のモデルであるアリス・プレザンス・リデル（1852年5月4日生）は、どちらかといえば平凡な既婚婦人となった。かつてはレオポルド王子（ビクトリア女王の四男）と恋に落ちたこともあったアリスは、のちに資産家のレジナルド・ハーグリーブスと結婚し、3人の息子をもうけたが、そのうちの2人は第一次世界大戦で戦死している。

　『不思議の国のアリス』の出版に取り組んでいた頃、キャロルとリデル家の間に溝が生まれ始めた。1863年6月、キャロルはどうしたことかアリス・リデルの母親を怒らせてしまい、家族の集まりから閉め出されることになる。不和の原因は不明であり、証拠となるはずのキャロルの日記の該当ページは、彼の死後、遺族によって切り取られてしまった。したがって、真相は謎に包まれたままだ。いずれにせよ、仲違いの結果、キャロルはめったにアリスに会えなくなる。とはいえ、その後も細々と連絡は取り合っており、新刊本や結婚祝いを贈ったりすることはあった。

　1928年、70代後半のアリスは、キャロルから贈られた『地下の国のアリス』の肉筆本を売却している。本書はサザビーズのオークションにかけられ、15,400ポンドで落札された。当時としては莫大な金額である。アメリカのディーラーの手に渡ったこの本は、1948年、有志によって買い戻された後、イギリス軍の戦功の褒賞として、大英博物館に寄贈されることになった。今日、『地下の国のアリス』の肉筆本は、同博物館で一般に公開されている。

キャロルは『地下の国のアリス』の肉筆本の最終ページにアリスの似顔絵を描いたが、その出来に不満だったらしく、元の絵の上に自分が撮ったアリスの写真を貼っている。

　同じく1928年、アリスは『ニューヨーク・タイムズ』紙のインタビューに応じ、『不思議の国のアリス』の創作につながった、あのボート遊びについて語っている。

　「『不思議の国のアリス』の冒頭部分は、ある夏の午後に語られたものでした。焼けるような陽射しの下、私たちはボートを置き去りにし、わずかな日陰を求めて川上の草原に上陸しました。そして、大きな干し草の山の陰に避難したのです。ここで、私たち三姉妹の口から、いつものお願いがいっせいに飛び出しました。『ねえ、おはなしをしてちょうだい』。こうしてドジソンさんのおはなしが始まったのです」

　しかし、この小旅行に同行した唯一の成人であるダックワース牧師によれば、『不思議の国のアリス』が語られたのはボートの上だったという。「私は整調手（漕ぎ手の調子を揃える役）を務め、彼（キャロル）は船首の漕ぎ手を担当した。そしてリデル三姉妹は乗船客だった。あのおはなしはアリス・リデルのために、私の肩

越しに即興で語られたものだ」。もう一つ不思議なのは、参加者が口を揃えて、その日は陽射しが強く、暑かったと証言していることである。実際の気象データによると、当日は曇っていて涼しかったはずなのだ。

「おはなし」をせがんだ張本人であったとはいえ、アリス・リデルは次第に『不思議の国のアリス』のモデルとして注目を浴びることにうんざりし始めた。唯一生き残った息子への手紙の中で、彼女はこう書いている。「ああ、でも『不思議の国のアリス』でいるのはもう嫌になったの。恩知らずかしら？　そうよね。だけど、本当にうんざりしているのよ」

アリス・プレザンス・リデル・ハーグリーブスは、1934年11月15日に82歳で亡くなっている。

ルイス・キャロルと同時代の写真家、ジュリア・マーガレット・カメロンの撮影によるアリス・リデル（当時20歳）の写真。生い茂った葉を背にポーズを取るリデルは、ローマ神話の果実の女神、ポモナを演じている。

# 覆された児童文学の
# 概 念

「何にでも教訓はある。見つけようとさえすれば」
──ルイス・キャロル『不思議の国のアリス』

『不思議の国のアリス』は児童文学史におけるターニングポイントであり、1920年代の『クマのプーさん』シリーズまで続く黄金時代の到来を告げるものだった。ルイス・キャロルはそれまでの慣習を打ち破り、何が起きるかわからない空想の世界を作り上げた。退屈な教訓話は決して書くまいと考えていた彼は、ひたすら面白い物語を生み出すことに専念し、駄じゃれやゲーム、なぞなぞをぎっしりと詰め込んだのである。行儀作法を無理やり教え込むよりも、想像力を自由に羽ばたかせたほうが、子どもにとって学ぶところが多いというのがキャロルの考え方だった。

キャロルの「教訓嫌い」を物語るエピソードがある。1867年、彼は児童文学作家ジョージ・マクドナルドの娘、リリア・マクドナルドに『若返りの泉（The Fountains of Youth）』という本を送り、手紙の中で彼女にこう指示しているのだ。「これは表紙だけを見て、後は本棚にしまっておくための本です。中身を読むべきではありません。この本には教訓が含まれています。したがって、当然ながらルイス・キャロル作ではありません」

キャロルの作品は、ビクトリア時代の子どもたちが読んでいた大方の本と好対照を成していた。宗教系の出版社はおとぎ話やファンタジーを蔑み、子どもたちを善良な市民に育てるべく、教訓的で陰気な作品を生み出していった。商業出版社はもう少し明るい作品を

出していたものの、やはり「エンターテインメント」と「人格教育」を融合させる必要があると考えていた。

こうした旧弊を打ち破った作品の一つが、キャサリン・シンクレアの『別荘物語』（1839年）だ。2人の主人公ハリーとローラは、好奇心旺盛ではつらつとした子どもとして描かれている。当時の作品によく見られる、お行儀のよい退屈な子どもたちとは大違いである。『別荘物語』は、大人の都合を押し付けるのではなく、ありのままの子どもを受け入れようとした最初の作品だった。1859年、発売から20年を過ぎても版を重ね続けていたこの本を、キャロルはリデル姉妹へのクリスマスプレゼントとして購入している。

『不思議の国のアリス』の出版以降も、ビクトリア時代の人々の教訓的な作品への嗜好はにわかには変わらなかった。1867年にはヘスバ・ストレットンの『ジェシカの最初の祈り（Jessica's First Prayer）』が出版され、大好評を博している。この作品は、アルコール依存症の母親を持つホームレスの少女が、ある信仰心の厚い男性との親交を通じて救われていく様子を描いたものである。『ジェシカの最初の祈り』は世間に大きな影響を与え、ストリートチルドレンに関する物語の大流行をもたらした。当時の本書の人気は絶大であり、『不思議の国のアリス』をはるかに上回る、100万部以上の売り上げを記録している。

『不思議の国のアリス』より2年早く出版された、

チャールズ・キングズレーの『水の子どもたち』もまた、重要な児童書の一つだ。キングズレーはキャロルの友人であり、『地下の国のアリス』を改作し、きちんとした形で出版するように勧めた人物の1人だった。物語の主人公トムは、煙突掃除の少年である。川に落ちて溺れてしまった彼は、身長4インチ（約10センチ）の「水の子」に変身する。トムは水の子の家で「サレタイコトヲシテアゲルおばさん」や「シタトオリシカエスおばあさん」といった妖精から道徳教育を受け、立派な人間に成長していく。キングズレーの寓話は、やや説教じみているものの、娯楽性が高く、ビクトリア時代を通じて非常に人気があった。

キャロル自身が撮影した有名な写真（1858年）。アリスはストリートチルドレンに扮している。
詩人のアルフレッド・テニスン男爵いわく、「これほど美しい写真は見たことがない」。

# 登場キャラクターの モデル

不思議の国の住人たちは、ビクトリア時代の有名無名の人物から想を得たものだという説がある。

## 白ウサギ

いつも慌てている白ウサギは、アリスら三姉妹の父親であり、遅刻魔として有名だったヘンリー・リデルから想を得たとされている。

## 帽子屋

一説には帽子屋のモデルとされるテオフィルス・カー

ターは、一風変わった家具商人としてオックスフォード界隈では有名だった。発明家でもあった彼は、「目覚ましベッド」なる道具を生み出した。起床時間がくると、寝ている人が床に放り出されるという代物である。帽子屋の時間に対するこだわりは、こうしたカーターの性格に由来するものかもしれない。キャロルはテニエルに、帽子屋をカーターに似せて描くように提案した。テニエルはそれに従ったと思われる。というのも、帽子屋と同様に、カーターはしょっちゅうシルクハットをかぶっていたからだ。

## 眠りネズミ

マッド・ティーパーティーの間ずっとうとうとしている眠りネズミは、詩人で画家のダンテ・ゲイブリエル・ロセッティが飼っていたフクロネズミからヒントを得たものらしい。彼はよくこのペットを食事の席に連れてきては、テーブルの上で眠らせていたのである。キャロルはロセッティだけでなく、その妹で詩人のクリスティーナとも親交があり、2人やその家族の肖像写真を撮影している。

## アナゴ

『不思議の国のアリス』の第9章で、代用ウミガメは教育というテーマをめぐってア

THE DORMOUSE IN THE TEAPOT.

リスと駄じゃれの応酬を繰り広げ、こんなセリフを口にする。「話術の先生は年寄りのアナゴで、週に一度やってきた。先生は『間延びした話し方（Drawling）』や『体の伸ばし方（Stretching）』『とぐろを巻いて気絶する方法（Fainting in Coils）』を教えてくれたんだ」。この「アナゴ」は、偉大な美術評論家ジョン・ラスキンを指している。ラスキンはリデル家の姉妹に「素描（drawing）」や「写生（sketching）」「油絵（painting in oils）」の手ほどきをしていたのである。キャロルはラスキンと親交が深かったものの、彼から「たいした才能もないのに絵を描くのに時間を費やすべきではない」と諭されていた。

## 羊

『鏡の国のアリス』の中で、アリスは羊のおばあさんに出会う。彼女は「珍しいものでいっぱいのお店」の

店主で、ひたすら編み物を続けている。アリス・リデルが子どもの頃によく通っていたキャンディショップの店主のおばあさんも、いつも編み物をしていた。テニエルが描いた「シープショップ」の挿絵は、この実在の店をモデルにしている。オックスフォード、セント・オルデイツ通り83番地に位置する同店は「アリスグッ

ズ」の店として現在も営業中である。

## 赤の女王

キャロルはかつて、赤の女王（「顔を上げよ、きちんと話せ、指をもじもじ動かすな」といったお説教ばかりしている、「棘のある」キャラクター）について「あらゆる女教師のエッセンスを濃縮したような存在」だと語っていた。おそらく彼は、リデル家の姉妹の家庭教師、メアリー・プリケットという人物を思い浮かべながらこのキャラクターを描いたと思われる。少女たちから「プリックス（棘）」というあだ名で呼ばれていたプリケットは、かつてはキャロルと恋愛関係にあったとされていたが、これは根も葉もない噂であったようだ。

## 白の騎士

ぼさぼさの髪、穏やかな顔、優しいまなざし、といった白の騎士の姿は、キャロル自身を描写したものであったと思われる。両者には他にも共通点がある。どちらも機械や発明を好み、さまざまな道具を考案していたという点である（キャロルの発明品には、切手を価格別にきちんと収納できるスタンプケースや、暗闇の中でメモを書き留めることを可能にする器具などがあった）。また、他のキャラクターとは違って、白の騎士のアリスへの態度はきわめて紳士的だ。さらに彼は、クイーンを目指して旅立つアリスに対して、心のこもった別れの詩を贈っている。それはまるで、大人になっていくアリスに別れを告げるキャロル自身の姿のようである。

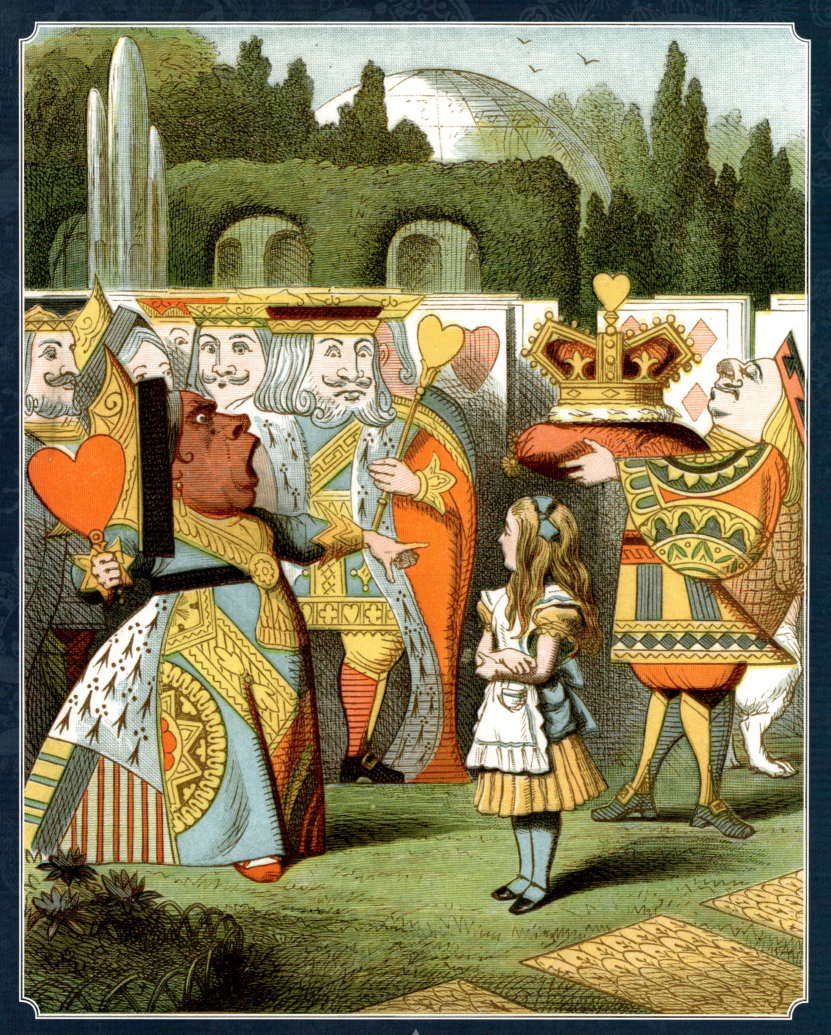

# チャールズ・ラトウィッジ・ドジソン
## 『アリス』の生みの親

「あんたは誰だい?」と不思議の国でアリスと出会ったイモムシは尋ねる。もしもチャールズ・ラトウィッジ・ドジソン（ルイス・キャロル）に同じ質問を投げかけたとしたら、矛盾に満ちたさまざまな答えが返ってくるだろう。

痩せて背が高く、当時の流行に合わない長い髪をしたドジソンは、やや左右非対称な顔立ちをしており、アリス・リデルによれば「まるで火かき棒を飲み込んだみたいに」背筋がぴんと伸びていた。親友の E. ガートルード・トムソン（イラストレーター）はドジソンについてこう述べている。「彼は小さくて形のいい頭をしていました。また、広くて美しい白皙（はくせき）の額と、夢見るような灰色の瞳、そして繊細な口元の持ち主でした。その唇は黙っているときにはやや固く結ばれていますが、話し始めるととたんに口元がほころび、美しい笑顔が広がるのです」。吃音癖があったドジソンは、それ

チャールズ・ラトウィッジ・ドジソン
（ルイス・キャロル）の肖像。

を克服しようと苦闘していた。

このエキセントリックなクライスト・チャーチ学寮の特別研究員には、さまざまなこだわりがあった。ドジソンは切り花を好まず、隙間風が大嫌いだった。また、「42」という数字に取りつかれており、作品中でこの数字を何度も使用していた。さらに、男児よりも女児を好んでいた彼は、「私は子どもが好きだ（ただし男の子を除く）」と書き残している。食事の内容は質素で、食べる量も控えめであり、「食欲が湧かない」という理由で昼食会はいつも断っていた。ドジソンはまた、30 キロ以上におよぶ長い散歩をしばしば楽しんだ。度が過ぎるほど気前のいい人物でもあった彼は、人のために時間や金、援助を惜しまなかった。他人の職探しや昇進のために尽力することも多かった。亡くなったいとこの未亡人を経済的に支援したり、『地下の国のアリス』の複製本の収益を子ども病院に寄付したこともある。友人から無心の手紙が来たときには、次のような返事を出したことも何度かあった。「金は貸せないが、ご所望の 100 ポンドを君に差し上げようと思う」

知人や友人、親族のドジソンに対する見方はそれぞれ違っていた。例えば、ある知人の劇作家は彼のことを「控えめで物静かな学者肌の人物で、面白い会話をたくさん交わした」と語っている。一方、別の友人によると、ドジソンは「口下手で、ひどく風変わりな人物であり、大半の人にとって退屈な話題を長々と語っていた」という。また、姪の 1 人はこう証言している。

「多くの人は彼のことを、気難し屋で、注文が多く、大学での生活や仕事において決して妥協を許さない人物だと考えていた」

しかし、子どもたちはドジソンによくなついた。クライスト・チャーチ学寮の彼の部屋は、子どもが喜ぶようなおもちゃやゲームであふれかえっていた。また、「男の子は嫌いだ」と宣言していたにもかかわらず、彼は多くの男児と親しく付き合っている。そのうちの1人が、リデル三姉妹の兄、ハリーだった。ドジソンと親交のあった子役俳優のバート・クートは、彼のことをこう評している。「ドジソンさんは本当の意味で僕らの一員だった。子どものふりをして僕らをコントロールし、お説教を聞かせようとする大人とはまったく違っていたんだ」

ドジソンは優れた写真家でもあり、凝った演出の写真を撮ることで高い評価を得ていた。彼は多くの知人や友人を説き伏せ、写真のモデルになってもらった。こうして彼は、詩人のアルフレッド・テニスン男爵やダンテ・ゲイブリエル・ロセッティといったイギリスを代表する芸術家たちの肖像写真を首尾よく手に入れることができたのである。

ドジソンが撮影した写真の中で今日よく知られているのは少女のヌード写真だが、その大半は破棄されてしまっている。彼は事前に必ず親の許可を取り、子どもたちがリラックスしてヌード撮影に臨めるように細心の注意を払っていた。もし今の時代にこんな写真を撮ったとしたら、そのカメラマンは訴えられてしまうだろう。だが、当時のイギリスでは、子どものヌード絵画はごく当たり前の存在だった。ビクトリア時代の人々は、幼少期をセクシュアリティとは切り離された無垢なものと見なしていたのである。

その後、フロイトの時代になると、ドジソンの少女ヌードへの情熱はまったく違った視線で見られるようになった。多くの評論家はたちまち彼を小児性愛者と決めつけた。少なくとも、そうした不健全な欲望を抑圧していたに違いないと考えたのだ。しかし近年、ドジソンへのこうした評価は再び見直されつつある。彼が残した書簡の内容から察すると、大人の異性には興味がないと長年考えられていたが、実は女性を見る目もかなり肥えていたようなのだ。ドジソンの友人の息子にいたっては、彼を「羊の皮をかぶった老好色家」と評しているほどである。

ドジソンのセクシュアリティに関する研究者の議論は今なお続いている。しかし、個人的な思いをめったに書き記すことのない、きわめて内向的な人物であるがゆえに、彼が女性（あるいは少女）とどのような関係にあったかを突き止めることはおそらく不可能であろう。

64歳のとき、彼は姉への手紙の中で死についてこう語っている。「……誰もがいつかは味わわなくてはならない体験だということをいよいよ実感している。おぼろげだったその事実は、今や現実味を帯びてきた。『"死"はもう済んだ。二度とそれを味わわなくてもいいのだ！』と言える日が来たら、どんなに素晴らしいことだろう」。1898年1月14日、66歳の誕生日の約2週間前に、ドジソンはその体験を味わうことになった。肺炎による急死だった。ある曇天の冬の日、ドジソンはサリー州ギルフォードのマウント墓地に埋葬された。

1982年、ウェストミンスター寺院にルイス・キャロルの記念碑が設けられた。そこには彼の詩の一節、「人生は夢に過ぎないのか」という言葉が刻み込まれている。

# 第2章
# アリスのイラストレーターたち

「何の役に立つというの？」とアリスは思いました。
「絵も会話もない本なんて」
——ルイス・キャロル『不思議の国のアリス』

意外にも、キャロルは作品中で不思議の国やその住人たちの見た目についてほとんど説明していない。『不思議の国のアリス』の第9章で、「グリフォンがどんなものか知らない人は挿絵を見てください」と記しているのはその一例だ。そのおかげでイラストレーターたちは、それぞれの好みに合った不思議の国を自由に思い描くことができたのである。初代イラストレーターのジョン・テニエルは決定版ともいうべき素晴らしい挿絵を生み出し、たいていの人が『アリス』といえば彼の絵を思い浮かべるようになった。テニエルとは比ぶくもないが、その他の多くのイラストレーターたちも特筆すべき印象を残している。なかには1920年代後半のウィリー・ポガニーのように、現代風のアリス像を生み出そうとするものもいた。また、アーサー・ラッカムは不思議の国を、怪しいキャラクターが跋扈する、謎めいた危険な場所として描いている。近年ではヘレン・オクセンバリーが、子どもの目線に立った親しみやすい挿絵によって、争いのない無邪気な不思議の国を作り上げた。各イラストレーターによって解釈は異なれど、その多種多様な描写は、摩訶不思議なキャロルの世界への理解を深めるのに役立っている。

## ジョン・テニエル (1820 - 1914年)

『不思議の国のアリス』や『鏡の国のアリス』の挿絵を担当したあらゆるアーティストは、ジョン・テニエルから大きな恩恵を受けている。

1820年、ロンドンに生まれたテニエルは、幼い頃から

『ヴァニティ・フェア』誌の肖像画家、レスリー・ウォードによるテニエルの風刺画（1878年）。

画才を発揮していた（とはいえ、少年時代の夢はサーカスの道化師になることだったらしい）。英国王立美術院に入学した彼は、やがて学校を中退し、独学で絵画の修得に取り組むようになった。1848年、イソップ童話の挿絵として描かれた白黒のイラストが、人気風刺週刊誌『パンチ』の編集長の目にとまり、やがて彼は同誌の寄稿者となる。テニエルと『パンチ』誌の付き合いは、その後半世紀近くにわたって続いた。彼はその長いキャリアにおいて、同誌に2000点以上の政治漫画を提供している。1893年、テニエルは『パンチ』誌での功績を認められ、ビクトリア女王からナイトの称号を与えられた。イラストレーターとしては初の栄誉だった。

『パンチ』誌の愛読者であったキャロルはテニエルの政治漫画を高く評価しており、気に入った漫画を雑誌から切り抜いてコレクションしていたほどだった。それゆえ、『不思議の国のアリス』の挿絵画家を探すにあたってテニエルの名前が思い浮かんだのは、当然の流れだと言える。

『不思議の国のアリス』の原稿を受け取った時点で、テニエルの目の前にはかなりの難題が横たわっていた。登場人物の「見た目」のこととなると、キャロルの記述はたいてい曖昧だった。主人公のアリスに関してでさえ、詳細な描写は存在しないのだ。第2章で、アリスは自分が友人のエイダではないことを確信し、こうつぶやいている。「だってエイダは長い巻き毛だけど、あたしは全然巻き毛じゃない」と。また、帽子屋の「あんたは髪を切ったほうがいい」というセリフから、アリスが髪を長く伸ばしていることがうかがえる。しかし、それらを除けば、アリスのビジュアルの描写は皆無なのである。

もちろん、テニエルの手元にはキャロル自身が描いたアリスのオリジナルイラストが存在しており、両者のアリス像がどこか似通っているのも事実だ。テニエルの描くアリスの初期バージョンに似たイラストは、1846年発行の『パンチ』誌で垣間見ることができる。ウエストのくびれたドレスにエプロン姿の中産階級の少女が、ライオンの首に花輪をかけているものである。

テニエルの描いた公爵夫人は、クエンティン・マサイスの『醜女の肖像』（1513年頃）をモデルにしたと考えられている。

テニエルの描いたアリスと公爵夫人。

　テニエルがキャロルの文章を無視し、キャラクターに独自解釈を加えている箇所もある。『不思議の国のアリス』の第6章でアリスと出会う公爵夫人は、キャロルの記述によれば「気味が悪いほど尖った顎」の持ち主であり、クロッケー場で一緒に歩いているときに、その顎をアリスの肩にぐいぐい押し付けてくる。ところが、テニエルの描く公爵夫人の顎は少しも尖ってはいない。ただ、公爵夫人の美醜については、テニエルはキャロルの記述に忠実に従っている。彼女は紛れもない醜女として描かれているのだ。評論家によれば、テニエルの公爵夫人はチロル女伯マルガレーテの肖像画から想を得たものだという。チロル女伯マルガレーテは14世紀の人物で、歴史上最も醜い女性といわれていた。16世紀のフランドルの画家クエンティン・マサイスは、彼女をモデルにして『醜女の肖像』と呼ばれる有名な肖像画を描いている。テニエルが参考にしたのはおそらくこの肖像画だと思われる。

　14ページで述べたように、白の騎士がキャロル自身をモデルにしたキャラクターであることはほぼ間違いない。だがその一方で、テニエルもまた、白の騎士に自分自身を投影していたふしがある。そういう意味で、白の騎士というキャラクターは、2人の偉大な芸術家のコラボレーションを象徴する存在である。テニエルの描く白の騎士は、当のイラストレーターと同様の長い口髭をたくわえており、両者の容姿は驚くほどよく似ている。テニエルはまた、ドイツの画家アルブレヒト・デューラーの銅版画『騎士と死と悪魔』（1513年）の影響を受けていた可能性がある。

評論家はアルブレヒト・デューラーの銅版画（左）とテニエルの白の騎士（右）の類似性を指摘している。

　プロフェッショナルとして万全の態勢で『アリス』の挿絵に取り組んだテニエルだったが、それでもなおいくつかの誤りを犯している。例えば、『不思議の国のアリス』の第1章の幕開けを飾る挿絵で、白ウサギは格子柄のジャケットの下に無地のチョッキを着ている。しかし、のちに巨大化して家から出られなくなったアリスが窓から手を出して白ウサギを捕まえようとする場面では、彼のチョッキはジャケットとお揃いの格子柄になってしまっている。また、『鏡の国のアリス』では、本来トゥイードルダムに持たせるべき剣を誤ってトゥイードルディーに持たせてしまっている。

　『鏡の国のアリス』の完成後、テニエルは本の挿絵からはほとんど手を引き、『パンチ』誌の政治漫画にほぼ専念するようになった。とはいえ、その後も少数ながら他の作家の挿絵本を手がけており、1881年には、キャロルとの最後の共同作業（カラー版の『子ども部屋のアリス』の制作）を引き受けている。本書に登場する20点の挿絵の一部には、かなりの変更が加わっていた。テニエルはアリスの衣装を当世風にリニューアルし、スカートにプリーツをつけ、エプロンや髪にリボンをあしらった。また、口絵を手直ししたり、「『私を飲んで』と書かれた瓶を持つアリス」や、「首が伸びたアリス」の挿絵を描き直したりしている。

　さらに、幼児向けの本であるため、もとは白黒だった挿絵に彩色が施されることになった。ここではアリスのドレスは黄色、リボンと靴下は青色に塗られている。また、ハートのジャックの鼻は赤く染まっており、彼が大酒飲みで、酔っ払ってキングのタルトを盗んだことをうかがわせている。

## ピーター・ニューウェル（1862 - 1924年）

　アメリカのイラストレーター、ピーター・ニューウェルは、ルイス・キャロルが『地下の国のアリス』の物語を作り出した年に生まれている。長じてフリーランスのアー

## 挿絵を支えた印刷術

　テニエルが『アリス』の挿絵を完成させた頃は、ちょうどイギリスのイラストの最盛期だった。当時、たいていのイラストは木口木版と呼ばれる手法を使って印刷されていた。この手法はアーティストと彫版師の分業制で成り立っている。アーティストが原画を完成させた後、彫版師は版木に左右反転した状態でその絵柄を彫っていく。版木に刻まれた描線はレリーフのように浮き出して見える。印刷時には、その描線が反転して白いページに刷り出される。木口木版は非常に細密な表現を可能にする手法だ。しかしその一方で、彫版師は複雑な描線や陰影を彫り上げるために、何時間もの単純作業をこなさなければならなかった。

　『アリス』の彫版を担当したのは「ダルジール兄弟」として知られるジョージ・ダルジールとエドワード・ダルジールである。彼らが家族とともに営んでいた工房は、ダンテ・ゲイブリエル・ロセッティやジェームズ・マクニール・ホイッスラーといった19世紀を代表するアーティストたちの作品も手がけている。キャロルは彼らの彫版の出来栄えにたびたび苦言を呈していたものの、最終的にはその仕上がりに満足したようである。のちに彼はダルジール兄弟に小切手とともに礼状を送り、彼らの作品を「第一級の木口木版画だ」と称賛している。

ティスト兼作家となった彼は、テニエル以後にキャロル作品の挿絵を手がけた最初の大物イラストレーターである。20世紀初頭、ハーパー&ブラザーズ社は、ニューウェルを『不思議の国のアリス』『鏡の国のアリス』『スナーク狩り』（長編ナンセンス詩）の3作品のイラストレーターに抜擢した。彼は黒髪の愛娘ジョーをモデルにして自らのアリス像を作り上げた。1901年にニューウェル版『不思議の国のアリス』が出版されたとき、読者は黒髪のアリスを見て仰天したという。

『ハーパーズ・マンスリー・マガジン』誌1901年10月号の寄稿記事の中で、ニューウェルは「テニエルのアリス像に匹敵するものは誰にも生み出せない」ことを認めつつ、自分が描いたアリスにも「一定の価値はあるのではないか」と自負をのぞかせている。ニューウェルはアリスを「不可解な世界に巻き込まれた、あどけなく可憐な子ども」「礼儀をわきまえ、他人への心遣いができる、風変わりで控えめな少女」といったイメージでとらえていた。ニューウェルにとってアリスは無垢な子ども時代の象徴であり、その鉛筆画は、テニエルの先鋭的な挿絵に比べて、より穏やかで優しい不思議の国を描き出している。

### アーサー・ラッカム (1867 - 1939年)

　1907年、『不思議の国のアリス』の著作権が切れると、新しい挿絵の新版が雨後の筍のように登場し始めた。しかし、大半はテニエルの単なる亜流であり、取るに足らない

アリスというキャラクターの基調を成しているのは「愛らしさ」と「無垢な子どもらしさ」だと、ニューウェルは言う。

ラッカムは妻の所有する陶器の模様を正確に模写し、帽子屋のお茶会のティーセットを描く際の資料にした。

ものでしかなかった。その中でただ一つの例外が、アーサー・ラッカムによる新版だった。ハイネマン社から『不思議の国のアリス』の挿絵を依頼されたときには、ラッカムはすでにワシントン・アーヴィングの『リップ・ヴァン・ウィンクル』やJ. M. バリーの『ケンジントン公園のピーター・パン』などのイラストレーターとして名を馳せていた。くねくねした描線やセピア調のくすんだ色合いを特徴とする彼の挿絵は、テニエルとはかなり趣が異なったものである。ラッカムの描く不思議の国は不吉な予感に満ちている。不気味な木々が立ち並び、その幹は節くれだち、枝は曲がりくねっている。そして、鋭い爪やくちばしを持った生き物が跋扈しているのだ。

テニエルと違って、ラッカムはモデルを使ってアリスを描いていた。この少女、ドリス・ジェーン・ドメットは、『シンデレラ』や『眠れる森の美女』の挿絵でも彼のモデルを務めている。ラッカムの描くアリスは控えめで慎み深く、テニエルのアリスのように怒りや不安を露わにすることはない。彼女は周りでどんなに不穏な出来事が起こっても常

に動じず、無表情のままである。帽子屋のお茶会でも、まるでそれがおかしな人の集まりではなく、ごく普通のパーティーであるかのように、手を膝の上に置き、長いテーブルの端に平然と座っている。

ラッカムの『不思議の国のアリス』の挿絵は写真製版という新しい印刷技術を利用して生み出されたものだった。もはや、木版や銅版に絵柄を彫り込んでもらう必要はなくなった。挿絵を写真にとって原版を作り、機械的に複製することが可能になったのだ。この技術革新はラッカムに多大なる恩恵をもたらした。今や彫版師の技能に頼らずとも、原画の流麗な描線を寸分違わず再現できるようになったからだ。

ラッカムの挿絵による『不思議の国のアリス』の新版は大成功を収め、多くの評論家が彼のアプローチを称賛した。その一方で、相変わらずテニエルの挿絵を絶対視し、他のバージョンは決して認めないという人々も少なくなかった。ラッカムの伝記において、作者のデレク・ハドソンはこう語っている。「『不思議の国のアリス』といえばジョン・テニエルの挿絵、という図式が完全に定着してしまっているため、多くの評論家にとって、それ以外のバージョンを作り出すのは冒涜的な行為に思えたのである」

## ウィリー・ポガニー（1882 - 1955年）

ハンガリー生まれのウィリー・ポガニーは、ミュンヘン、パリ、ロンドン、ニューヨークと渡り歩きながら、行く先々で常にアーティストとしての技量に磨きをかけてきた。後年はイラストレーターとしてだけでなく、ハリウッドでは映画の美術監督として、ニューヨークではメトロポリタン歌劇場の衣装・舞台美術デザイナーとしても活躍している。ポガニーのペン画のイラストを満載した『不思議の国のアリス』（1929年）は、きわめて大胆でモダンなスタイルを取り入れ、同時期のその他の新バージョンとは一線を画した存在となっている。

こうしたモダンで爽やかな画風の真骨頂と言えるのが、ポガニーの描くアリス像である。テニエル版の堅苦しいドレスやふさふさした長い髪は姿を消し、ボブヘアとスポーティな女子学生スタイルに置き換わっている。ポガニー版のアリスは良家の子女というより、むしろジャズエイジの奔放な女性（フラッパー）のようだ。

## マーヴィン・ピーク（1911 - 1968年）

マーヴィン・ピークが描いた奇妙で陰鬱な『アリス』の挿絵は、第二次世界大戦末期に味わった戦争画家としての苦悩から生まれたものかもしれない。1945年、ピークは『リーダー』誌の取材で戦乱のドイツをめぐり、現地の惨状を目の当たりにしていた。ボンやケルンといった戦災都市を訪ね、強制収容所跡に足を運び、戦犯裁判のスケッチもおこなった。ピークはまた、解放されたばかりのベルゲン・ベルゼン強制収容所で苦痛に喘ぐ犠牲者たちもスケッチしている。「筆舌に尽くしがたい荒廃状態」にあったドイツでのこうした悲惨な体験は、彼の心に決して拭い去ることのできない傷痕を残した。

翌年、フランスのノルマンディー沖にあるチャンネル諸島のサーク島で暮らしていたピークは、『不思議の国のアリス』の最初の挿絵のスケッチに取りかかった。著名なファンタジー作家でもあった彼は、1941年、すでにキャロルの長編ナンセンス詩『スナーク狩り』の挿絵を完成させていた。「イラストレーターとして私が目指しているのは、自分のことは忘れ、ペンを通じて著者の作品自身に語らせることである」と彼は長年主張している。ピークの描くアリスは、暗く、悪意に満ちた「不思議の国」をさまよっていく。ピーク版の白ウサギはひどく腹を立てている様子で、しかめっ面を浮かべ、拳を握り、地団駄を踏んでいる。作家のグレアム・グリーンはピークを「テニエル以後、アリスを現代の枠組みに合わせて再生した最初の芸術家」と称えている。皮肉なことに、戦争の惨禍を目の当たりにしたからこそ、ピークはこうした偉業を成し遂げることができたのである。

ウィリー・ポガニーのモダンで大胆なイラスト。ボブヘアにチェックのスカート姿のアリスは、「狂騒の20年代」のファッションスタイルを反映している。

ピークの描いた白ウサギ。拳を握り、眉をひそめ、怒りの形相を浮かべている。

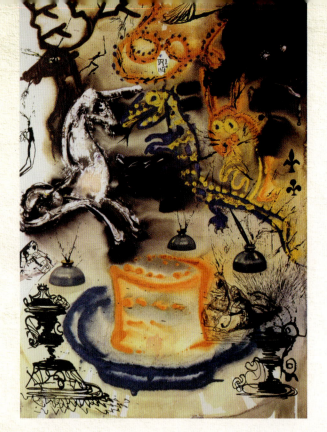

ダリの描いた「誰がタルトを盗んだか？」(『不思議の国のアリス』第11章）の挿絵。

## ラルフ・ステッドマン (1936年-)

　ラルフ・ステッドマンは、ハンター・S. トンプソンの著作の挿絵で知られる風刺漫画家である。1960年代半ばの血気盛んなカウンターカルチャーの中、ステッドマンはインクを激しくまき散らしながら、混乱の時代を映し出すような強烈なイラストを生み出していった。1967年版の『不思議の国のアリス』の前書きで、ステッドマンは主要な登場人物がどのような進化を遂げたのか、そして彼らが何を象徴しているのかを説明している。いつも時計を気にして急いでいる白ウサギは「せかせかした現代の通勤者」であり、チェシャ猫は「映像がフェードアウトした後も笑顔だけが残っている典型的なテレビアナウンサー」である。（白いバラに赤いペンキを塗っている）トランプの庭師は「ペンキのバケツに片足を突っ込みながら、『おまえのせいでペンキがかかった』と不毛な言い争いをしているイギリスの労働組合員」だ。また、「私を飲んで」と書かれた瓶は、現代の象徴であるコカ・コーラのボトルの形をしている。

　ステッドマンの描くアリスは、不思議の国で遭遇する出来事に敏感に反応し、たいていは驚きの表情を浮かべている。キュビズムを取り入れ、アリスの顔をピカソの絵のように歪ませた挿絵もある。また、あるダイナミックな見開きイラストでは、巨大なアリスが軽業師のように体を折り曲げ、白ウサギの部屋にはまり込んでいる。

## サルバドール・ダリ (1904-1989年)

　溶けた時計や荒涼とした風景をモチーフとしたシュールレアリスム絵画で知られるサルバドール・ダリは、一見したところ、キャロルとはあまり共通点がないように思えるかもしれない。だが実は、ダリとキャロルには相通じる部分がたくさんある。どちらも「夢」や「空想」の熱心な探求者であり、自らの芸術作品を通して無意識の領域への経路を示そうとしていたのである。

　芸術家としての気質が似通っていたこともあり、ダリは60代の頃に『不思議の国のアリス』の挿絵を手がけ、各章ごとに1点ずつ、計12点のイラストを生み出している。彼は色彩豊かな自らの絵画を忠実に印刷するために、ヘリオグラビュールという古典的な写真製版の手法を取ることにした。印刷はすべて手刷りでおこなわれ、一枚一枚がオリジナル作品と見なされる。それゆえ、1969年にマエケナス・プレス＝ランダム・ハウス社から出版されたダリ版『不思議の国のアリス』が高額商品なのは当然だと言えるだろう。

## マックス・エルンスト (1891-1976年)

　キャロルの「不思議の国」に魅せられたもう1人のシュールレアリストが、マックス・エルンストである。70代の頃、彼はドイツで出版されたキャロルの作品集『ルイス・キャロルの不思議な角笛（Lewis Carroll's Wunderhorn）』(1970年）の挿絵として一連のリトグラフを制作している。本書には『不思議の国のアリス』の「マッド・ティーパーティー」の章が収録されているが、真のシュールレアリストであったエルンストは、現実的なお茶会の描写には一切

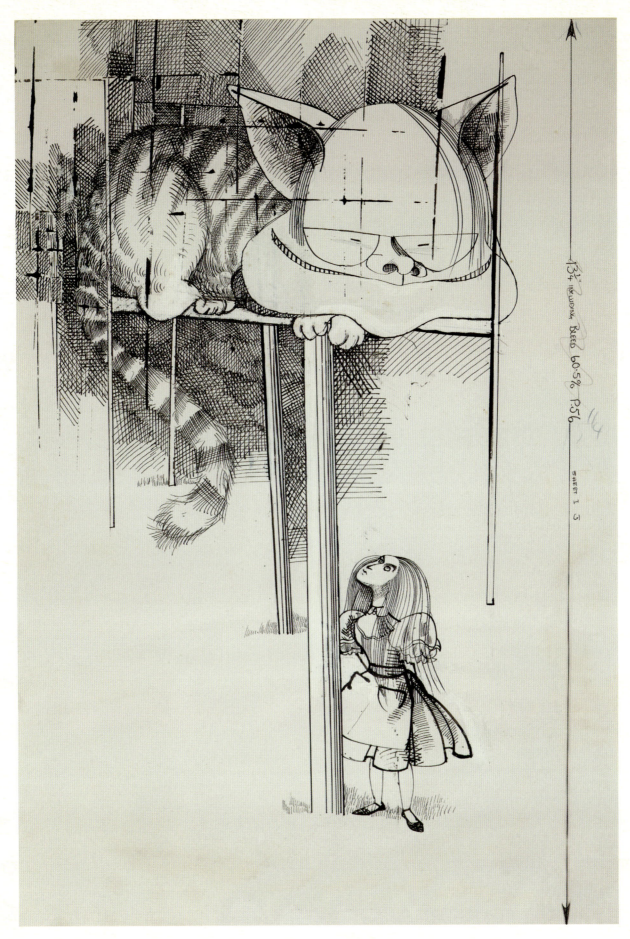

ステッドマンのイラスト。チェシャ猫をテレビアナウンサーになぞらえている。

興味がなかった。彼が描いた3つのリトグラフは、さまざまな幾何学模様の組み合わせによって構成されている。

三月ウサギ。モーザー家の飼い猫に首を食いちぎられたウサギをモデルにしている。

## バリー・モーザー（1940年-）

ピーター・ニューウェルと同様に、バリー・モーザーもまた、黒髪の愛娘をモデルにしてアリスを描いている。末娘のマディの顔立ちは、アリス・リデルに不思議なほどよく似ていた。しかし、モーザー版の『不思議の国のアリス』において、アリスの挿絵が登場するのは、眠りに落ちる前と目を覚ました後の、わずか4回のみである。モーザーによれば、読者自身がアリスとなって「不思議の国」を体験できるようにするために、こうした演出を選んだのだという。

優れた版画家であるモーザーは、何百枚ものスケッチから75点のイラストを厳選し、ほぼ1年を費やして版木に絵柄を彫り込んでいった。完成した作品は、美しく、躍動的で、かつ紛れもなくダークなものだった。鋭い歯をむき出しにして笑いかけてくるチェシャ猫はその極みである。大人になるまで『不思議の国のアリス』を読んだことがなかったモーザーは、この作品を「児童書」と見なしてはいなかった。「私にとって、それはもっと陰鬱な物語だった。私は人々がアリス自身となって不思議の国を体験することを望んでいた。楽しい空想というよりも、むしろ一種の悪夢として、その体験を味わってほしかったのだ」

当初、ペニーロイヤル・プレスから限定版として出版されたモーザー版『不思議の国のアリス』は、全米図書賞に輝いた。また、モーザーは姉妹編の『鏡の国のアリス』を出版している。本作においても、彼は常にアリス自身の視点から冒険を描いていった。モーザーの挿絵の多くは、彼の知り合いや歴史上の人物をモデルにしたものだった。例えば、白の騎士はルイス・キャロルの風貌に似せて描かれている。また、リチャード・ニクソン元大統領はハンプティ・ダンプティのモデルになった。

モーザー作のハンプティ・ダンプティの木版挿絵。

モーザーの描いた見事なポートレート。帽子屋は不安げな表情を浮かべ、ティーカップを逆さまに持っている。

* 31 *

オクセンバリー版『鏡の国のアリス』の挿絵の一例。にこやかにアリスと握手を交わすハンプティ・ダンプティ。

# ヘレン・オクセンバリー（1938年-）

　1999年、ヘレン・オクセンバリー版『不思議の国のアリス』が出版されると、各界の面々が口を揃えてこの作品を絶賛した。評論家はオクセンバリーの斬新なアプローチを歓迎し、そのヒロインは「新世紀のアリス」「あらゆる年齢層にアピールするアリス」と称えられた。彼女が3年の月日をかけて完成させたこの労作は、翌年、栄えあるケイト・グリーナウェイ賞（イギリスで出版された絵本のうち、最も優れた作品に贈られるもの）に輝いている。

　オクセンバリー版『アリス』は、すべての見開きにスポットアートやフルカラーの水彩画を惜しみなく盛り込みながら、悪意のない無邪気な不思議の国を描き出していく。漫画風の動物たちには、かぎ爪も牙も見当たらず、アリスは安心して彼らの周りをうろつくことができる。物語の背後にあるダークな要素は、オクセンバリーの描く世界には一切存在しない。

　オクセンバリーはアリスを「現代の子ども」として描こうと心に決めていた。明るく、勇敢で、自信に満ち溢れ、深刻な危機とは無縁の少女を生み出そうとしたのである。アリスの服装もいたって現代風だ。テニエル版のペティコートで膨らませた窮屈なスカートは姿を消し、アリスは動きやすい青のミニワンピース姿で自由に跳ね回っている。

　『不思議の国のアリス』を仕上げた後、キャロル本に関してはすべてをやり尽くしたと感じていたオクセンバリーは、もうこれ以上彼の作品を手がけるつもりはなかった。だが『鏡の国のアリス』を読んで、その考えは一変した。作品の素晴らしさに感銘を受けた彼女は、再び挿絵を担当することを決めたのである。

オクセンバリーの写実的な挿絵。アリスは煙突の中のトカゲのビルを蹴り上げようとしている。

⚜ 33 ⚜

# その他の注目すべきイラストレーター

　最初のアリス本が出版されて以来、無数のイラストレーターたちが自分なりの方法でキャロルの空想世界を描き出そうとしてきた。全員の名前をリストアップするのは不可能だが、特筆に値する人物を少しだけ挙げてみよう。

### メイベル・ルーシー・アトウェル（1879-1964年）

　ペン画と水彩画の双方を手がけていたメイベル・ルーシー・アトウェルは、雑誌や絵本、グリーティングカード向けに、ほのぼのとした子どものイラストを生み出していった。彼女の作品は1930年代に大流行し、その後も高い人気を誇った。1910年、まだ商業的な成功を収めていない頃に、アトウェルは『不思議の国のアリス』の新版の挿絵を手がけている。そこに描かれていたのは、バラ色の頬をした天使のようなアリスだった。

### グウィネッズ・ハドソン（1909-1935年）

　グウィネッズ・ハドソンは、ブライトン美術学校で教

育を受けたイギリスのイラストレーターである。J. M. バリーの『ピーター・パン』やキャロルの『不思議の国のアリス』の挿絵で知られるハドソンは、その他の『アリス』のイラストレーターに比べて、より暗く、くすんだ色調を好んだ。1932年、ロンドンの出版社ホッダー＆スタウトンは、彼女の挿絵をあしらった『不思議の国のアリス』を、贈答用の豪華本として出版している。

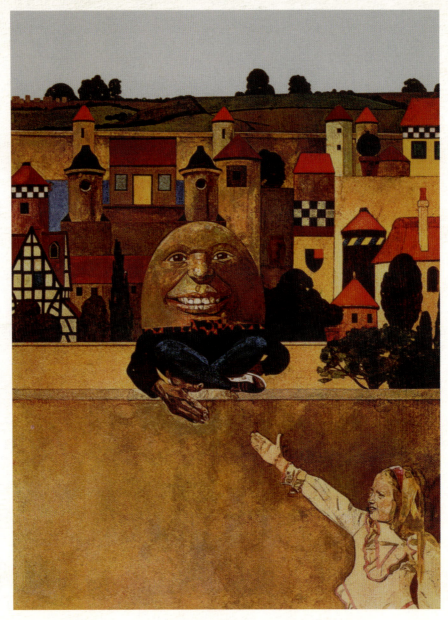

上:ピーター・ブレイク作『鼻にかけてるわけじゃない』(1971年)。
右ページ:リスベート・ツヴェルガー作『ハートの女王』。

## ピーター・ブレイク (1932年 - )

　ビートルズの『サージェント・ペパーズ・ロンリー・ハーツ・クラブ・バンド』のアルバム・ジャケットを手がけたことで知られるこのイギリスのポップアート作家は、1970年版の『不思議の国のアリス』の挿絵を担当している。彼は一連の水彩画によって子ども時代の空想を再現しようとした。ブレイクの描くアリスは写実的なそばかす顔の少女であり、本の表紙から真剣なまなざしでこちらを見つめている。

## リスベート・ツヴェルガー (1954年 - )

　リスベート・ツヴェルガー版『不思議の国のアリス』(1999年)は、ヘレン・オクセンバリー版と同じ年に出版されているが、2つの作品は似ても似つかないものだった。オーストリア出身のツヴェルガーは1990年、「児童文学への長年の貢献により」栄えある国際アンデルセン賞を受賞している。彼女はキャロルの物語の中にある心理的葛藤を徹底的に掘り下げていった。その登場人物はポーカーフェイスで、往々にして周囲の状況に無関心なように見える。

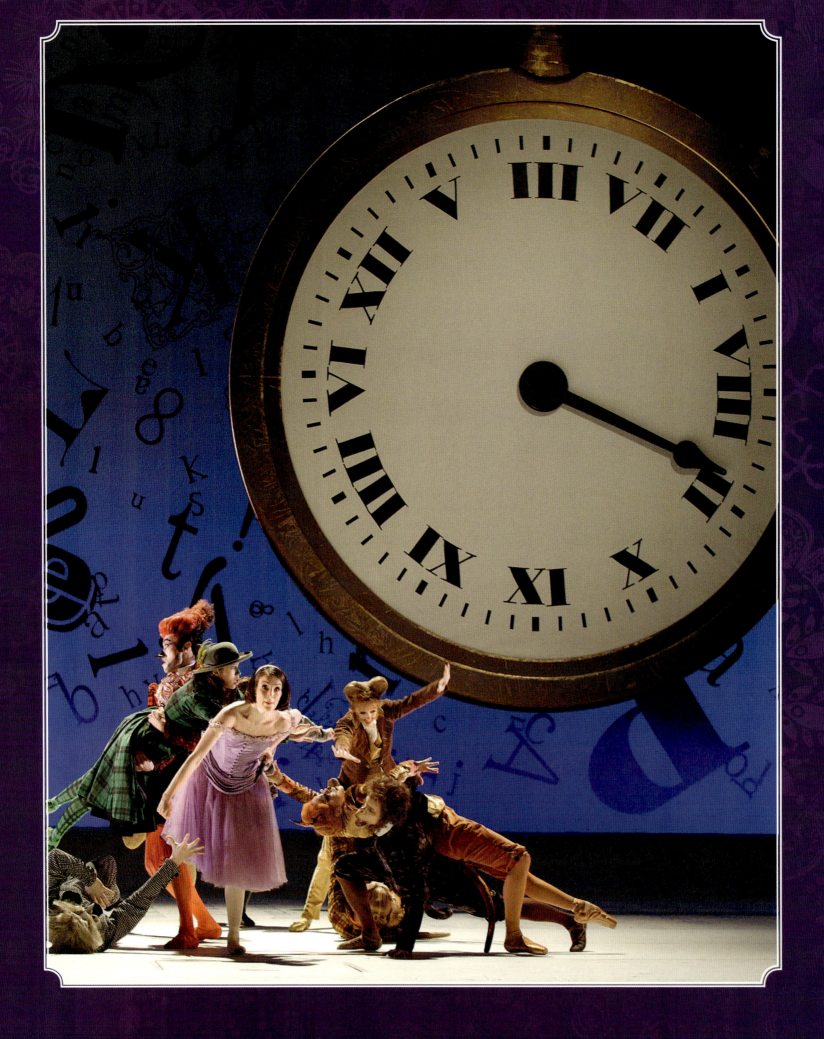

# 第3章
# 舞台版アリス

「(あまたの観客が証明するように)舞台が社会におよぼす影響力には計り知れないものがある。舞台の目的を純粋で気高いものにしようとするすべての試みは、あらゆる一流の知識人たちからの支援や、富者からの物質的な援助を受けるに足ると思われる……」

——ルイス・キャロル、1882年

ルイス・キャロルの父チャールズ・ドジソン牧師は聖職者であったため、英国国教会から観劇を禁じられていた。実のところビクトリア時代には、劇場は多くの人から不道徳な場所と見なされ、避けられていたのである。上記の引用から明らかなように、ルイス・キャロルはこうした考えの持ち主ではなかった。生涯を通じて無類の芝居好きであった彼は、演劇や音楽会、オペラに足しげく通い、観劇日誌をつけていた。キャロルはまた、シェイクスピア劇の名女優エレン・テリーをはじめとする役者たちとも親交があった。幸運にも、彼は存命中に『不思議の国のアリス』の初の舞台化作品を見届け、その出来栄えに満足を示している。それ以来、数多くの創造的なアーティストたちが、演劇、オペラ、バレエといった舞台版アリスを発表してきた。

## 不思議の国のアリス ミュージカル版 (Alice in Wonderland: A Musical Dream Play, in Two Acts, for Children and Others)

脚色：ヘンリー・サヴィル・クラーク／1886 - 1887 年

　1886 年 8 月、劇作家のヘンリー・サヴィル・クラークはキャロルに『不思議の国のアリス』と『鏡の国のアリス』の舞台化の許可を打診している。具体的には、クラークは「クリスマス・パントマイム」を作り上げることを目指していた。クリスマス・パントマイムとは、イギリスのクリスマス恒例の娯楽劇であり、有名なおとぎ話を題材に、歌やダンス、ドタバタ喜劇を交えながら演じるものだ。以前から舞台化に乗り気だったキャロルはこの申し出を歓迎する一方で、慎重な姿勢を見せていた。クラークへの返答の中で、彼はこう述べている。「……舞台化を『認可』する前に、絶対に譲れない条件が一つだけある。あらゆるセリフや舞台上の所作から、下品さやそれをうかがわせるような要素を一切排除する、という誓約書を書いてほしいのだ」

　キャロルはそれ以外にもさまざまな要望を出してきた。クリスマス・パントマイムにつきものの「道化役」を出さないこと、『不思議の国のアリス』と『鏡の国のアリス』の両方をではなく、どちらか一つを舞台化すること、昔の童謡のパロディについては（新たに作曲されたものではなく）古い童謡のメロディーを使うことなどである。クラークは、道化役を出さないことや、古い童謡のメロディーを使うことついては同意したが、2 冊の『アリス』の両方を

舞台の原作とすることに関しては断固として譲らなかった。

　キャロルはその後もひっきりなしに要望の手紙を送り続け、ミュージカル版の制作に首を突っ込んできた。アリス役のキャスティングに口を出し、自身の友人である 12 歳の子役女優フィービ・カーロを推薦してきたこともあった。クラークはフィービの起用には同意したものの、アリスの衣装を自らデザインしたいというキャロルの申し出については断った。自分がミュージカル版に深入りしすぎていることに気づいたのか、キャロルは開幕を 1 カ月後に控えた 11 月に、すべての要望を取り下げる旨の手紙をクラークに書いている。「素人が下手に口を挟んでも、物事を妨げるだけだ」と告げて、ミュージカル版から手を引くことにしたのである。

　ミュージカル版『不思議の国のアリス』は、1886 年 12 月 23 日、ロンドン・ウェストエンドのプリンス・オブ・ウェールズ劇場で開幕した。キャロル作品としては初の舞台化だった。ミュージカル版に強い関心を示していたにもかかわらず、キャロルは開幕から 1 週間後にようやく舞台を鑑賞することができた。初日には、妹たちとクリスマスを過ごすために、故郷ギルフォードに向かっていたのである。とうとうミュージカル版を目にしたキャロルは、日記に「レビュー」をしたため、第 1 幕の出来を褒める一方で、第 2 幕を酷評している。

　12 月 30 日（木）。第 1 幕（『不思議の国のアリス』）はよくできていた。特に「マッド・ティーパーティー」がい

---

### ボツになったミュージカル案

　ミュージカル版『アリス』が上演される 10 年前に、キャロルは著名な作曲家、アーサー・サリヴァンに『不思議の国のアリス』に登場する数編の詩の作曲を依頼したことがあった。すると、サリヴァンはキャロルにミュージカル版『アリス』の共作を持ちかけ、正式な台本を書くように促してきた。残念ながら、キャロルは「自分にはこの仕事は無理だ」と判断し、サリヴァンの申し出を断っている。

---

右ページ：眠りネズミに扮したドロシー・ダルコートとポーズを取るアリス役のフィービ・カーロ。

い。シドニー・ハーコート扮する帽子屋は傑作だ。ドロシー・ダルコート（当年6歳半）が演じる眠りネズミも面白い。フィービー・カーロのアリスはまさにはまり役である。彼女とチェシャ猫（『ペンザンスの海賊』で海賊王を演じたマスター・C. アデソン）の歌や踊りは最高だ。一方、第2幕（『鏡の国のアリス』）は退屈だった。赤の女王と白の女王は（ローザー座の2人）は特にいただけない（この2人は1幕でハートの女王と料理人を演じているが、そちらもひどかった）。また、「セイウチと大工」のフィナーレは盛り上がりに欠けている。とはいえ、総じて舞台版は成功を収めたと言えるだろう。

キャロルの言葉の通り、ミュージカル版『アリス』は批評家から称賛を浴び、興行的にも成功を収めている。『デイリー・ニューズ』紙はこの作品を「諧謔と空想、ユーモアと浮かれ騒ぎ、絵のような美しさと華麗なる演出が融合し、健全で楽しいミュージカルを作り出している」と評した。『タイムズ』紙はこのミュージカルが「人気作品」になることを予言し、『デイリー・テレグラフ』紙は「腹がよじれるほど笑える作品」だと請け合った。1887年2月26日、ミュージカル版『アリス』は全50公演を終え、無事閉幕した。

初回公演が大成功だったため、クラークは再演を決意する。そして1888年12月26日、ロンドンのグローブ劇場でミュージカル版『不思議の国のアリス』の第2回公演が開幕した。「フィービは今やアリス役を演じるには年を取りすぎている」と感じていたキャロルは、クラークに懸念を表明し、「初回公演の終盤には、すでにフィービの演技は機械的になりつつあった」と述べている。常にキャスティングに口を挟まずにいられないキャロルは、後任として自身の友人である別の子役女優、アイザ・ボウマンを推すことにした。彼女はフィービと同い年だが、もっと幼く見える上に、キャロルいわく「フィービよりおしとやかだった」。音楽教師の娘として生まれ、修道院で教育を受けたアイザは、労働者階級の両親のもとに生まれたフィービよりも上流の人間だったのだ。アイザはフィービに代わってアリスを演じることになった。キャロルはクラークへの手紙の中で再演の出来について触れ、「多くの点で前作を完全に上回っている」と語っている。

## 不思議の国のアリス（Alice in Wonderland）
脚本：フロリダ・フリーバス、エヴァ・ル・ガリエンヌ／1932年、1947年、1982年

名女優であり、優れた演出家でもあったエヴァ・ル・ガリエンヌは、1926年、ニューヨークのダウンタウンにシビック・レパートリー・シアターを開設した。その目的は、素晴らしい演劇を手頃な値段で提供することにあった。彼女は見事に所期の目的を果たし、ヘンリック・イプセンやウィリアム・シェイクスピアといった偉大な劇作家の作品を数多く上演してきた。ル・ガリエンヌは回想録の中でこう記している。「『アリス』は決して子ども向けの作品ではない。私はその確信に基づいて舞台を作り上げることにした。実際、むしろ大人向けではないかと思うことが多いからだ」

舞台化にあたって、彼女は女優仲間のフロリダ・フリーバスとともに脚本を書いた。この脚本はその後も版を重ね続け、今日もなお、世界中のアマチュア劇団によって使用されている。1982年、『ニューヨーク・タイムズ』紙に掲載されたル・ガリエンヌのインタビューによれば、彼女とフリーバスは、「『アリス』の世界を舞台上に甦らせよう」と心に決めており、それは「大変な重責」であったという。ル・ガリエンヌはまた、「脚本に使われているセリフはすべて、ルイス・キャロルの原作通りである」と語っている。原作との唯一の違いは、エピソードの順番が少々入れ替わっていることだけである。

さらに舞台装置から衣装、小さな小道具に至るまで、テニエルの挿絵に忠実に仕上げられていた。アリスを常に舞台に立たせ、物語の連続性を生み出すことを最優先に考えていたル・ガリエンヌは、背景を含めた舞台装置を可動式にすることにした。背景には「サイクロラマ」（舞台の奥に設置した巨大な背景幕が両端のシリンダーによって巻き取られ、風景が次々に変わっていく仕組み）が取り入れられた。これによって、切れ目のない場面転換をおこなうことができるようになった。また、舞台上にレールを設置し、2台の台車を折り返し運転させることで、登場人物がスピーディーに舞台を出入りできるようになった。このセットのおかげで、アリスは終始舞台に立ち続け、背景やその他の登場人物だけがどんどん変わっていくという演出が可能になったのである。

ル・ガリエンヌ版『不思議の国のアリス』でアリスを演じるバンビ・リン。女優だけでなく、ダンサーや振付師としても活躍した彼女は、『オクラホマ！』（1943年）や『回転木馬』（1945年）といったミュージカルにも出演している。

実父で白の騎士役のリチャード・バートンとポーズを取るアリス役のケイト・バートン。

そして登場人物の何と多いことか！　ル・ガリエンヌ自身の演出によるこの作品には50人以上ものキャストが出演しており、ル・ガリエンヌ本人は白の女王を演じていた。『鏡の国のアリス』には、白の女王が「風に吹き飛ばされたショールを追って飛ぶように駆けていく」という記述があり、ル・ガリエンヌはその様子を表現するために、ワイヤーを使った宙乗りで舞台の上を実際に「飛んで」みせている。その他にも、人形芝居（「セイウチと大工」の場面）や、ミュージカルナンバーなど、見どころは豊富である。

ル・ガリエンヌ版『不思議の国のアリス』は1932年12月12日に初日を迎えた。アリス・ハーグリーブスがキャロル生誕100周年を記念してアメリカを訪れた日から間もない頃だった。アリス役のジョセフィン・ハッチンソンの演技は大絶賛を浴びた。ハッチンソンが演じた、少々口うるさく、生真面目なアリス像は、「きれい好きは敬神に次ぐ美徳」ということわざで常に身だしなみの大切さを説いていた彼女の実母をモデルにしたものだという。

ル・ガリエンヌ版『不思議の国のアリス』は観客だけでなく評論家からも好評を博し、大成功を収めた。『ニューヨーク・タイムズ』紙の著名な演劇評論家であるブルックス・アトキンソンはこの作品を「軽快で、色彩に富み、優雅な空想に満ちている」と評した。彼はまた「想像力を失っていない子どもなら、きっと夢中になるに違いない。そして大人もまた、二度と帰らない日々を懐かしみ、ノスタルジックな歓喜を味わうことになるだろう」と記している。

1947年、ル・ガリエンヌ版『不思議の国のアリス』はインターナショナル・シアターで再演され、その後、マジェスティック・シアターに場所を移して上演された。全100回の公演の大半は、このマジェスティック・シアターで開催されている。そのときもまた、ル・ガリエンヌは演出を手がけると同時に、白の女王を演じることになった。一方、アリスに扮したのは、当年21歳のバンビ・リンだった（43ページを参照）。端役を演じた俳優の中には、のちにハリウッドやブロードウェイのスターになった者が2人いた。アヒルと庭師を演じたイーライ・ウォラックと、白ウサギのオルタネート（代役）を担当したジュリー・ハリスである。

1982年12月、初演から50年後に、ル・ガリエンヌ版『不思議の国のアリス』はブロードウェイのヴァージニア・シアターで3度目の再演を果たしている。しかし、今回の公演は21回にとどまり、ロングランとはならなかった。『クリスチャン・サイエンス・モニター』紙は、主人公に扮したケイト・バートンを「絵本の中から飛び出してきたようなチャーミングなアリス」と称えた。そしてル・ガリエンヌの「空飛ぶ白の女王」の演技は、この再演で見納めとなった。

今回、舞台装置や衣装はおおむね好評だったものの、作品全体への評論家の反応は好意的ではなかった。『ニューヨーク・タイムズ』紙のフランク・リッチは、この再演を退屈な作品と評し、「最初から最後まで精彩を欠いている」と述べている。

こうした酷評や上演期間の短さを考えれば、1983年に米国公共放送サービスPBSが『グレート・パフォーマンス』という番組枠でこの作品のテレビ版の放映を決めたのは驚くべきことだった。さらに驚きなのは、そのテレビ版が成功を収めたことだ。舞台版に続いて、今回もケイト・バートンがアリス役を務めたが、その他のキャストについては、別の俳優に取って代わられている。おそらく最も決定的な変化は、ケイト・バートンの実父であるリチャード・バートンが白の騎士を演じていることだろう。

キャスト以外の大きな変更点として、劇中劇のような演出を加えていることが挙げられる。カーク・ブロウニング監督によるテレビ版『不思議の国のアリス』は、舞台裏のシーンから始まる。代役としてアリスを演じることになったケイト・バートンは、緊張の面持ちで本番を待っている。楽屋でスタンバイしているうちに、彼女はアリスの空想の世界に迷い込み、他の劇団員たちは『不思議の国のアリス』の登場人物と化していく。

『ニューヨーク・タイムズ』紙のジョン・J. オコナーは、PBSのテレビ版『アリス』は大傑作とは言えないものの、多くのエピソードは素晴らしい出来栄えだったと認めている。

## アリス・イン・コンサート (Alice in Concert)

脚本・作詞・作曲：エリザベス・スウェイドス／演出：ジョセフ・パップ／振付：グラシエラ・ダニエル／1980 - 1981 年

映画『クレイマー、クレイマー』でジョアンナ・クレイマー役を演じたばかりのメリル・ストリープ（当時 31 歳）は、1980 年、エリザベス・スウェイドス作のミュージカル『アリス・イン・コンサート』（於：ザ・パブリック・シアター）でアリス役を演じている。だぶだぶのオーバーオールをはき、ブロンドの長い髪をなびかせたストリープは、ふくれっ面をしたり、飛び跳ねたりしながら、30 曲以上のミュージカルナンバーをこなしていく。彼女は 17 歳の少女を演じることを大いに楽しんでいるように見えた。この奔放なパフォーマンスによって、ストリープは 1980 - 1981 年のオビー賞に輝いた。

スウェイドスは 7 年の歳月をかけて脚本とスコアを書き上げ、キャロルの作品を現代風にリニューアルしてみせた。このミュージカルにはさまざまな音楽スタイルが取り入れられている。「マッド・ティーパーティー」の音楽はカントリー・ウェスタン風、「足さん、さよなら！」の曲はカリプソ調という具合だ。他にも、ブルース、フォークソング、タンゴ、バーバーショップ・カルテット（男声四重唱）などが盛り込まれている。

ザ・パブリック・シアターの創設者、ジョセフ・パップの演出によるこのミュージカルは、1980 年 12 月 9 日に開幕し、1981 年 1 月 25 日に幕を閉じている。ストリープ以外にも、出演者の中には後に素晴らしいキャリアを築き上げた俳優がたくさんいた。マーク・リン＝ベイカーや

マイケル・ジェッター、アマンダ・プラマーらはその一例だ。

舞台演出や衣装は最小限でありながら十分な効果を上げている。例えば「イモムシ」を演じるときは、数人の俳優が一列になって座り、腕を動かすことで、足の多さを表現することができていた。

『アリス・イン・コンサート』はおおむね好評であり、とりわけストリープの演技は絶賛を浴びた。しかし、なかには辛口の評価を下す者もいた。『ニューヨーク・タイムズ』紙の評論家フランク・リッチはアリス役のストリープを褒めちぎり、彼女を「天才」と評する一方で、次のように評している。「この焦点のぼやけた作品は、キャロルのナンセンスな物語の内容や雰囲気をほとんど思い出させてくれないため、原作本を劇場に持ち込まなければ、話についていくことすらできない」

『ニューヨーク・マガジン』誌のジョン・サイモンの評価はさらに辛辣である。「ルイス・キャロルは二重の意味で成功を収めている。子どもたちにすこぶる面白いお話をしてくれる一方で、大人たちには論理的な難問や、哲学的な戯文、文学的な揶揄を提供しているのだ。それに反して、『アリス・イン・コンサート』において、エリザベス・スウェイドスはこれらの要素の大半を捨て去り、その代わりに 60 年代のカウンターカルチャー的な感性を持ち込んでいる。黒いリノリウムの床の上で、ヒッピーやフラワーチルドレン、マリファナ常習者がのたうち回ったり、浮かれ騒いだりしながら、あらゆるものを矮小化し、台無しにしていく。こうしてキャロルの魅力はすっかり失われてしまったのである」

右ページ：アリスを演じるメリル・ストリープのスチール写真（『アリス・イン・コンサート』）。

---

## テレビ版『アリス・イン・コンサート』

1982 年 1 月 16 日、米 NBC はエリザベス・スウェイドスのミュージカル『アリス・イン・コンサート』をテレビ用に改作し、『宮殿の中のアリス（Alice at the Palace）』と題して放送している。子ども向けのこの番組の中で、メリル・ストリープは再びアリスを演じ、その他のオリジナルキャストの多くが再集結した。また、新たなキャストとして、赤の女王役のデビー・アレンが加わっている。

## 不思議の国のアリス (Alice in Wonderland)
作曲：陳銀淑（チン・ウンスク）／脚本：デヴィッド・ヘンリー・ファン、陳銀淑／2007年

　1961年、ソウルに生まれ、1988年にベルリンに移った陳銀淑は、ハンガリーの現代音楽の作曲家、ジェルジ・リゲティに師事し、その影響を強く受けている。リゲティからの影響をとりわけ顕著に感じさせるのが、陳の初のオペラ作品『不思議の国のアリス』だ。『アリス』の愛読者であったリゲティは、かねてからキャロル作品のオペラ化を目指していたが、その構想が実現することはなかった。2006年にリゲティが亡くなったとき、陳は自分の手でアリスのオペラを作り出すことを決意した。そしてデヴィッド・ヘンリー・ファンを共作者に迎え、脚本の執筆に取りかかった。新たにオープニングとエンディングを加えたことを除けば、脚本はキャロルの原作に忠実だった。だがその一方で、現代世界への言及も時折見受けられた。眠りネズミが並べ立てた「Mで始まる言葉のリスト」中に、ミッキーマウスや、毛沢東、マルクスの名前が出てくるのはその一例だ。キャロルの生んだ「夢の世界」に魅せられた陳はこう語る。「私はすっかり心を奪われ、同時にひどく仰天した。夢の中で見たいくつもの光景がそこにあったからだ。そしてオペラでこの夢の世界を再現したいと思った」

　オペラ版『不思議の国のアリス』は2007年、ミュンヘンのバイエルン国立歌劇場で初演を迎えている。アヒム・フライヤーが舞台美術と演出を手がけ、大勢のキャストを使って斬新なパフォーマンスを生み出していく。多くの出演者はメッシュ製の大きな「被り物」の下に顔を隠したままである。イギリスのソプラノ歌手サリー・マシューズは、こうした姿でアリスを演じている。したがって、その顔は常に無表情であり、体の動きや声だけで感情を表現しなければならない。ケント・ナガノの指揮によるこの美しいオペラは英語で歌われ、その楽曲は一人ひとりの出演者に合わせて工夫されている。『ガーディアン』紙のアンドリュー・クレメンツは陳の音楽をこう描写する。「それは極上のオーケストラ音楽の取り合わせだ。マッド・ティーパーティーはバロック風のシェーナ（アリアの導入部）になり、イモムシの忠告はバスクラリネットのソロによってもたらされ、代用ウミガメは哀愁を帯びたマウス・オルガンの伴奏に合わせて身の上話を語り始める」

　陳銀淑によるオペラ版『不思議の国のアリス』は、2012年6月、セントルイス・オペラ・シアターにてアメリカ初演を果たした。ジェームズ・ロビンソン演出、マイケル・クリスティー指揮によるこの作品は、ミュンヘン版とは違って、従来型の舞台装置や衣装で上演されている。

　ロイヤル・オペラ・ハウスはすでに陳銀淑にオペラ版『鏡の国のアリス』の制作を依頼済みであり、この作品は2018-2019年のシーズンに上演される予定である。

### 不思議の国のアリス (Alice in Wonderland)
脚本・作曲：ピーター・ウェステルゴール／2008年

2001年からプリンストン大学で名誉教授を務めているアメリカの作曲家、ピーター・ウェステルゴールは、ウィリアム・シェイクスピアの『テンペスト』やハーマン・メルヴィルの『白鯨』に挑んだ後に、キャロルの『不思議の国のアリス』のオペラ化を思い立った。彼の6作目のオペラとなったこの奇妙な作品は、2008年5月22日、プリンストン大学のリチャードソン講堂で初演されている。

作曲に加えて演出も手がけていたウェステルゴールは、舞台の制作の過程で、現代オペラとしては異例の決断を何度かおこなった。まず、彼は作品に登場する大量のキャラクターをきちんと描きたかったが、舞台が大勢の出演者でごった返すのは嫌だった。そこで、出演者の数を7人に減らし、複数の役を掛け持ちさせることにしたのである（ただし、アリス役のソプラノ歌手、ジェニファー・ウィンは例外だった）。

このオペラの様相を一変させたもう一つの決断は、オーケストラ伴奏の排除だった。代わりに出演者本人が、自分の出番がないときに、後方でさまざまな楽器を演奏したり、コーラスをしたりするのだ。とりわけ人目を魅いた楽器が、ハンドベルである。オーケストラがいないために、出演者は正確な音程を取るのに苦労していた。ウェステルゴールはハンドベルがその解決策になることに気づいた。彼はあるインタビューでこう語っている。「安定したパフォーマンスができるのはハンドベルのおかげだよ。この楽器が音程の拠り所になってくれるんだ」

後方のスクリーンに映し出された背景は拡大と縮小を繰り返し、アリスの体が伸び縮みしているような錯覚を巧みに作り出していく。最小限の舞台装置はテニエルの挿絵とどこか似通った雰囲気を持っている。衣装（早変わり用にデザインされたもの）はビクトリア時代のスタイルを踏襲しており、動物キャラクターは被り物によって表現されている。例えば、白ウサギはツイードのジャケットにひだ飾りのついたシャツという出で立ちで、頭にふさふさした2本のウサギの耳が生えているといった具合だ。

キャロルの物語を忠実に再現したウェステルゴール版『アリス』は、子ども向けではなく、大人を対象にした作品である。彼がキャロルの不思議の国の虜になったのは、その奇天烈なキャラクターたちに魅かれたからだった。「オペラというのは少々奇妙な要素を取り入れたほうがうまくいくんだ。オペラ自体がもともと奇妙なものだしね。なにしろ、セリフを言う代わりに歌い出してしまうんだから」とウェステルゴールは語る。プリンストンでの初演の翌月、このオペラはニューヨークのシンフォニー・スペースでも上演されている。

アリスを演じるジェニファー・ウィン。スクリーンに投影された巨大なテーブルとの対比で体が小さく見える。

### 不思議の国のアリス (Alice's Adventures in Wonderland)
振付：クリストファー・ウィールドン／脚本：ニコラス・ライト／音楽：ジョビー・タルボット／2011年

　タップダンスを踊る帽子屋、16本足のイモムシ、頭・胴体・手足などのパーツの組み合わせでできた巨大なチェシャ猫。これらは英国ロイヤル・バレエ団による『不思議の国のアリス』の見どころのほんの一部だ。同バレエ団にとって1995年以来の新作長編バレエとなった『不思議の国のアリス』は、2011年2月、ロンドンのロイヤル・オペラ・ハウスで幕を開けた。今回のバレエの振付を任されたのはクリストファー・ウィールドンだった。ウィールドンはロイヤル・バレエ学校で学んだ後、ニューヨーク・シティ・バレエ団の振付師となった革新的なアーティストである。さらに、ニコラス・ライトが脚本を手がけ、ジョビー・タルボットが傑作の誉れ高い音楽を作り上げ、ボブ・クローリーが独創的な舞台美術を生み出している。

　作品の内容は概してキャロルの原作を忠実になぞっている。唯一の例外が冒頭の場面だ。オックスフォードのリデル家の庭で、10代のアリスが姉や妹と一緒に、キャロルの語る「おはなし」に耳を傾けている。一方、お茶会の客たちは庭を歩き回り、歓談している。多くの『アリス』の翻案と同様に、これらの客はアリスがこれから不思議の国で出会うキャラクターの仮の姿である。その後、アリスの写真を撮っていたキャロルが白ウサギに変身する。アリスは彼の後を追い、ウサギ穴ではなく、カメラバッグを通って不思議の国に迷い込むのである。

　ローレン・カスバートソン演じるアリスは、ターンやジャンプを披露しながら空想の世界をさまよっていく。道中で彼女は不思議の国の住人たちに出会う。その1人がゼナイダ・ヤノウスキー扮する意地悪で傲慢なハートの女王だ。ある傑作シーンで、ヤノウスキーは『眠れる森の美女』のローズ・アダージョ（オーロラ姫が4人の求婚者と踊る場面）のパロディを演じている。別のエピソードでは、公爵夫人（男優サイモン・ラッセル・ビールが扮している）と頭のおかしな料理人（クリステン・マクナリー）が厨房でバトルを繰り広げる。天井には屠殺されたブタがぶらさがっており、そこは厨房というより、ソーセージ工場のように見える。アリスが公爵夫人から泣きわめく赤ん坊を受け取ったとたん、赤ん坊はブタに変わってしまう。このブタの運命は推して知るべしだろう。

　バレエ版『不思議の国のアリス』は、圧倒的な高評価を獲得している。その代表例が『ガーディアン』紙のジュディス・マクレルのレビューだ。「ウィールドンとその一団によるバレエ版『アリス』のウィットやスピード感、独創性は、物語バレエというジャンル全体を21世紀にふさわしいレベルにまで引き上げてくれた」と彼女は言う。その一方で、たびたび批判の的になっていたのが、第1幕（70分）があまりにも長すぎることだった。一部の評論家は、アリス役のカスバートソンの魅力については満点の評価を与えたものの、彼女の役割がおしなべて受け身にとどまっていると指摘した。また、『不思議の国のアリス』という作品は「ダンス向きの」プロットに欠けるのではないか、という懸念の声もよく聞かれた。『ガーディアン』紙のルーク・ジェニングスはこう述べている。「だが、キャロルの作品には問題がある。言葉遊びに依存する部分がかなり多く、その内容をダンスに置き換えることが不可能だからだ。そこにはドラマチックなストーリーも、主人公の内面的な成長もない。感情面に関して言えば、アリスは物語を通じて妙に冷めた人物のままである」

左ページ：サイモン・ラッセル・ビール（公爵夫人）とローレン・カスバートソン（アリス）の共演。

# 第4章
# 映画版アリス

「ほとんど全部見たけれど、特にピンと来たり、気に入ったり、
感銘を受けたものはなかったね」
──ティム・バートン監督、『不思議の国のアリス』の映画化作品について

ルイス・キャロルは幸運にも存命中に舞台版『アリス』を見届けることができたものの、銀幕の中の『アリス』を見ることはついにかなわなかった。初の映像化作品が登場したのは、キャロルが亡くなってから5年後の1903年のことである。それ以来、無数の映画版『不思議の国のアリス』が制作され、それぞれの監督やプロデューサーが独自の解釈を示してきた。最初の3作は無声映画で、アリスの声が聞けるようになるには1931年まで待たなければならなかった。1930年代は『アリス』の人気が再燃した時代だ。これはもっぱら1932年にキャロルが生誕100周年を迎えたことに起因している。1933年には生誕100周年を記念した、ハリウッドスター総出のパラマウント映画が公開された。

映画黎明期の監督たちは、不思議の国の描写に必要な特殊効果を生み出すのに悪戦苦闘していた。しかし、ティム・バートンが腕試しをする頃には、最新のテクノロジーのおかげで、20世紀初頭には想像もつかなかったような特殊撮影が可能になった。もしもルイス・キャロルが現代に生きていたら、自らの作品の翻案を目の当たりにして仰天することだろう。

### 不思議の国のアリス (Alice in Wonderland)
ヘプワース・フィルム・スタジオ／監督：セシル・ヘプワース、パーシー・ストウ／1903年

　1903年に公開されたこの無声映画は、まさに家族総出で作られたものだった。監督の1人であるヘプワースは、自らの妻を「ハートの女王」と「白ウサギ」の役にキャスティングし、自分自身は「カエルの召使」役を担当した。アリスを演じたのは、ヘプワース・フィルム・スタジオの製作秘書として雑用もこなしていたメイ・クラークである（55ページを参照）。さらには、ヘプワース家のペットまでキャストとして動員されている。アリスが不思議の国の庭で出会う犬は彼らの飼い犬であり、チェシャ猫役を務めているのは飼い猫である。

　『アリス』の初の映像化作品となったこの映画はわずか12分（現存8分）の短編だが、当時のイギリスで制作されたものとしては最長の映画だった。1903年のイギリス映画の平均上映時間が4分であったことを考えれば、ヘプワースの作品は相当な長編大作だと言えたが、わずか12分でアリスの冒険のすべてを網羅することはとうてい不可能だった。とはいえ、観客はすでにストーリーを熟知しているという前提があったため、それ自体は大きな問題にはならなかった。この映画はいわば名作のデモンストレーションであって、ストーリーをつぶさに語るものではなかったのだ。

　映画はアリスが屋外でうたたねをしているシーンから始まる。彼女は夢の中で白ウサギを見かけ、彼を追ってウサギ穴に飛び込み、狭い通路をくぐり抜ける。扉のたくさんある廊下に出たアリスは、自分の体が意に反して伸び縮みするという体験を味わった後、小さな扉を通って美しい庭へ足を踏み入れ、そこで大きな犬に出会う。ここで唐突に場面が切り替わり、白ウサギの小さな家の中にはまり込んだアリスが映し出される。通常の体のサイズに戻った彼女は、家から出ようと必死にもがいている。

　その後、アリスは公爵夫人の赤ん坊（やがてブタに変わってしまう）を救い出したり、マッド・ティーパーティーに参加したり、トランプ兵の行列に出会ったり、ハートの女王とクロッケーをしたりする。最後の場面で、アリスはハートの女王の怒りを買い、首切り役人に処刑されそうになる。彼女は役人の男を殴りつけ、その場から逃げ出す。ここでアリスはうたたねから目覚め、それまでの冒険がすべて夢であったことに気づく。

　本作品はジョン・テニエルの挿絵を忠実に再現しようとしており、その試みはおおむね成功している。帽子屋の扮装はまさにテニエルの挿絵そのものだ。また、トランプ兵のコスチュームも原作通りのデザインになっている。撮影は、会社がスタジオとして借りていたある住宅の庭に設置された木製のステージでおこなわれた。セットは単なる書割に過ぎず、椅子やテーブルなどの家具も親せきや隣人から借りたものだった。

　巧みな視覚効果もまた、この初の映像化作品を印象深いものにしている。観客は扉のたくさんある廊下で、大きくなったり小さくなったりするアリスに目を見張ったことだろう。1903年にはすでにトリック撮影は珍しいものではなくなっていたが、たいていの視覚効果は舞台装置と目の錯覚を利用したありきたりなものだった。一方、本作品では、アリスの体が伸び縮みする映像は、特殊な撮影法（おそらく二重写しと思われる）によって生み出されている。さらに観客は、白ウサギの家に押し込められたアリスが窓から巨大な腕を突き出している映像や、アリスの腕に抱かれた赤ん坊が子ブタに変身する映像にお目にかかることができる。また、チェシャ猫が木の枝の上に神出鬼没に現れる場面にも、こうした視覚効果が生かされている（とはいえ、この猫はひどく退屈そうに見える）。

トランプ兵の行列を眺めるアリス（メイ・クラーク）。

## ニッケルオデオンの時代

　無声映画には言葉の壁がなかったため、欧米全域で上映されていた。イギリスの人々は「エレクトリック・パレス」や「ビオスコープ・シアター」と呼ばれる小さな映画館でそれらを鑑賞した。アメリカにも「ニッケルオデオン」という似たような映画館があった。入場料が5セント（通称ニッケル）であったため、こう呼ばれた。ヘプワース版『不思議の国のアリス』は1903年にイギリスで公開された後、アメリカに上陸し、エジソン・マニュファクチャリング・カンパニーなどの配給によって、こうした映画館で上映されている。しかし、多数のエピソードから成る作品ゆえに、『アリス』は常に全編通して上映されたわけではなかった。バラエティに富んだラインナップを望んでいた映画館主は、「不思議の国に迷い込むアリス」「マッド・ティーパーティー」などのセクション単位で映画を購入することを選んだのである。

　英国映画協会はこの映画を保存し、ネット上で公開している。残念ながら、現存するのは16シーンのうち14シーンのみであり、フィルムの一部はひどく傷んでいるが、その映像はやはり一見の価値がある。

## 史上初の「スター犬」

　ヘプワース家の飼い犬、ブレアは『不思議の国のアリス』に出演してから2年後に、再び映画『ローヴァーに救われて』にキャスティングされることになった。上映時間6分強のこの作品は、名犬ローヴァーが誘拐された赤ん坊を見事に発見し、救い出すという物語である。製作費わずか37ドルにもかかわらず、『ローヴァーに救われて』は大ヒットを記録し、ヘプワースに莫大な富をもたらした。あまりの人気のためにネガが傷んでしまい、映画を2度も撮り直さなければならないほどだった。ブレアはこの他にも数々の映画に出演し、史上初の「スター犬」となった。

## 不思議の国のアリス（フェアリー・コメディー）
(Alice's Adventures in Wonderland（A Fairy Comedy）)
エジソン・マニュファクチャリング・カンパニー／1910 年

　演劇業界紙『ニューヨーク・ドラマチック・ミラー』は、アリスの翻案としては初のアメリカ製の映像化作品となった本作を「ここしばらくの間に登場した作品の中で、最も独創的で興味深い映画」と言い切っている。全編わずか 10 分（フィルム 1 本分）のこの無声映画では、可憐なグラディス・ヒューレットが黒髪のアリスを演じていた。撮影はニューヨークのブロンクスでおこなわれ、14 のシーンが収録されている。その中にはハートのジャックがタルトを盗むシーンも含まれていた。アリスはその場面を目撃するが、法廷では彼に不利になるような証言を拒んでいる。キャロルの原作では、ハートのジャックにタルトを盗んだ疑いがかけられるものの、実際に盗みを働いた場面は描かれていない。今日、この映画のフィルムが現存していないのは残念なことである。

## 不思議の国のアリス（Alice in Wonderland）
ノンパレイル・フィーチャー・フィルム・コーポレーション／脚本・監督：W. W. ヤング／1915 年

　3 作目の映画版『不思議の国のアリス』が、1915 年に公開されたこの全編 52 分の作品である。1 作目と同様に、当時の基準からすればかなりの長編大作と言えるだろう。とはいえ、元舞台女優のヴィオラ・サヴォイがアリスを演じたこの無声映画は、原作の主要なエピソードをすべて網羅できているわけではない。なかでも注目すべきなのは、「マッド・ティーパーティー」が割愛されていることである。その一方で、監督の W. W. ヤングは、原作に登場する詩の一つを完全に収録している。アリスはイモムシに命じられ、「ウィリアム父さん」の詩をまるごと暗唱しているのだ。

　たいていの無声映画がそうであるように、各シーンの冒頭には文字の書かれたタイトルカードが挿入されている。とりわけ印象的なのが、オープニングを飾る次のようなタイトルカードだ。「眠る直前に見聞きしたものは、私たちの見る夢によく影響を与えます」

---

### 『踊るリッツの夜』（1930 年公開のミュージカル映画）

　『アリス』の翻案ではないが、ある芸能スター（ハリー・リッチマン演じる）の栄枯盛衰を鮮やかなテクニカラーで描いたこの作品には、『不思議の国のアリス』に捧げた 6 分間のミュージカルシーンが存在する。映画の終盤で、アリスに扮したジョーン・ベネットは、アーヴィング・バーリン作詞作曲のナンバーに合わせてパフォーマンスを繰り広げる。1930 年 2 月 15 日付『ニューヨーク・タイムズ』紙の映画評で、評論家のモードント・ホールは次のように述べている。

　「そして極めつけなのが『不思議の国のアリス』をテーマにした愉快なミュージカルシーンである。ここではライオンの顎を引っぱたく小生意気なウサギや、鏡をのぞき込むアリスの姿などを拝むことができる。また、ベネット嬢はこの一連のシーンの中で「ウィズ・ユー（With You）」を歌い、心地よい低音の歌声を披露している。作品全体を通じて、彼女は若き女優として素晴らしい才能を発揮しているが、どちらかというと「ウィズ・ユー」を歌っているときの表情のほうが、その他の想像力に欠けるエピソードを演じているときよりも魅惑的である」

ヤングはまた、アリスの体が伸び縮みする瞬間をきちんと描いていない。アリスの変身はいつもカメラに映らないところでおこなわれている。十数年前のヘプワースとストウ版の段階で変身シーンの撮影が可能であったことを考えれば、彼がこうした特撮を避けているのは少々不可解である。

　一方、「衣装」に関しては、ヤングは非常に高い完成度を見せている。登場人物のファッションは、まさにテニエルの世界を体現するものだ。アリスはテニエルの挿絵と寸分たがわぬコスチュームをまとい、白ウサギはおなじみの格子柄のジャケット姿で現れる。そしてドードー鳥までもが、挿絵通りにきちんと杖をついている。

屋外シーンはニューヨーク州ロングアイランドとマサチューセッツ州ケープアンで撮影された。

ポラード版『アリス』のオープニングとエンディングクレジットには「アリスと一緒にいらっしゃい (Come Along with Alice)」という曲が流れていた。この曲は、アーヴィング・バーリンがブロードウェイミュージカル『センチュリー・ガール (The Century Girl)』(1916 年) のために書いたものである。

### 不思議の国のアリス (Alice in Wonderland)
メトロポリタンスタジオ／監督：バッド・ポラード／1931年

　メトロポリタンスタジオ製作の『不思議の国のアリス』（1931年）は、初のトーキー版という点で特筆すべき存在だ。1930年代初期、トーキーはまだ導入されたばかりであり、ニュージャージー州フォートリーを拠点とする同スタジオは、この最新テクノロジーを使ってキャロル作品を映画化することを選んだ。とは言うものの、全編1時間足らずのこの作品は、アマチュア俳優たちがイギリスアクセントに四苦八苦しながら撮影した低予算映画だった。

　アリスを演じたのはルース・ギルバートで、これは彼女にとって初の主演映画となった（ギルバートは1950年代、『ミルトン・バール・ショー』のおっちょこちょいな秘書役で知られるようになる）。彼女が演じた、長いブロンドのかつらに厚化粧、アーチ眉のアリスは、ビクトリア時代のおしとやかな少女というより、早熟なロリータのように見える。上品ぶったイギリスアクセントの端々に、しばしばニューヨーク訛りが顔をのぞかせるのもご愛嬌だ。

　多くのエピソードが簡略化されているものの、映画のストーリーはおおむねキャロルの原作に忠実である。唯一の例外がエンディングだ。裁判のシーンで、白ウサギはタルトを盗んだことを認め、死刑を言い渡される。さらに奇妙なことに、彼が公爵夫人と恋仲であることもほのめかされる！　アリスが白ウサギの量刑に異議を唱えると、空からトランプカードが襲いかかり、それを払いのけているうちに、彼女は眠りから目覚める。

　この映画は1931年12月25日、ニューヨークのタイムズスクエアの由緒あるワーナーシアターで公開された。また、入場者特典として子どもたちに無料でおもちゃが配られている。しかし、初のトーキー版であったにもかかわらず、興行成績はあまり振るわなかった。異例の措置として、本作は教会や学校といった劇場以外の場所でも上映されている。おそらく製作費を回収することが目的だったのだろう。

　1931年12月28日付の『ニューヨーク・タイムズ』紙の映画評では、「監督の演出や俳優の演技からは真摯な姿勢がうかがわれ、好ましい印象を与えている」という寛大な評価が下された。レビューは次のような言葉で締めくくられている。「傑出した演技こそ見当たらないものの、『音声つきのアリス』を見に来た子どもたちからは好評を得るであろう」

### 不思議の国のアリス (Alice in Wonderland)
パラマウント映画／監督：ノーマン・マクロード／1933年

　1933年、キャロル作品を映画化するにあたって、パラマウント映画は大物を引っ張りだしてきた。W. C. フィールズ、ゲイリー・クーパー、ケイリー・グラントという大スターが、それぞれハンプティ・ダンプティ、白の騎士、代用ウミガメに扮している。その他にも、エドワード・エヴェレット・ホートン（帽子屋）や、チャーリー・ラグルス（三月ウサギ）、リチャード・アーレン（チェシャ猫）、メイ・ロブソン（ハートの女王）、エドナ・メイ・オリヴァー（赤の女王）といったトップ俳優（当時は大人気だったスターたち）がキャスティングされている。

　こうしたオールスターキャストにもかかわらず、パラマウントは役者の顔をわざわざ隠すような演出を選んだ。スターたちは分厚いメイクアップや、体をすっぽりと覆う不格好なコスチュームの下から、自らの存在を懸命にアピールしようとしている。観客はウミガメの着ぐるみの中に入っているのはケイリー・グラントだという情報をうのみにするしかない（ウミガメ役はもともとビング・クロスビーが演じる予定だったが、彼は結局このオファーを断っている）。キャラクターによっては、被り物のせいでセリフがきちんと言えなかったり、うまく表情が出せなかったりすることもあった。しかし、W. C. フィールズだけは違っていた。尊大なハンプティ・ダンプティに扮したフィールズの独特な喋り方やひねくれたユーモアはまさに傑作だった。

　アリスを演じたのは、当時は比較的無名だったシャーロット・ヘンリーである。彼女はパラマウントのオーディションで6800人以上の応募者の中から大抜擢された。監督やプロデューサーによれば、ヘンリーを選んだのは、彼女がまさに「アリスそのもの」だったからだという。ブロンドの長い髪や、華奢な体つき、美しい顔立ちを持った20歳のヘンリーは、確かにテニエルの描いたアリスと驚くほどよく似ていた。

ハンプティ・ダンプティ役のW. C. フィールズの顔は隠れたままである。
独特の鼻声と間延びした喋り方によって、ようやく本人であることがわかる。

多くの役者はコスチュームの下に顔を隠していたにもかかわらず、印象的な演技を披露した。特殊効果もまた秀逸だった。アリスの体が伸び縮みする場面や、チェシャ猫がにやにや笑いだけを残して消える場面などには、とりわけ斬新な特撮が用いられている。なかにはぎょっとするような特殊効果もあった。泣きわめく赤ん坊（ビリー・バーティが演じている）を抱いて公爵夫人の家から逃げ出したアリスは、赤ん坊がブタに変身していることに気づく。この変身シーンは気味が悪いほどのリアリティをもって描かれている。

パラマウント版『不思議の国のアリス』は興行的には成功せず、アカデミー賞にノミネートされることもなかった。一方、この作品を称賛し、「映画史における革命」と呼んだのが、アリスのモデルであるハーグリーブス夫人だった。かつて「アリス・リデル」であった夫人はこう言い切っている。「この映画にはとても満足しています。そして今では、この最高のファンタジーを忠実に再現できるメディアは、トーキー映画だけだと確信するようになりました」

左ページ：自分用の着ぐるみの横に立つケイリー・グラント。『不思議の国のアリス』（1933年）で代用ウミガメを演じているのが彼だと気づく人はほとんどいないだろう。

## 不思議の国のアリス (Alice's Adventures in Wonderland)
ジョセフ・シャフテル・プロダクションズ／監督：ウィリアム・スターリング／1972年

　『鏡の国のアリス』の出版100周年を記念して制作されたジョセフ・シャフテル版『不思議の国のアリス』は、原作をきわめて正確に再現した豪華作だった。テクニカラー、ワイドスクリーンの目にも鮮やかなこのミュージカル映画は、キャロルの書いたセリフやテニエルの挿絵を忠実になぞっている。ストーリーは主に1作目の『不思議の国のアリス』に準拠しているが、本来は2作目に登場するはずのトゥイードルディーとトゥイードルダムが出てくるという相違点もある。この映画の冒頭とラストには、1862年にキャロルがリデル三姉妹と楽しんだ、あの有名なボート遊びの再現映像が挿入されている。川岸でキャロル（マイケル・ジェイストン）はアリスに不思議の国のおはなしを語り始める。それを聞いていたアリスは、知らぬ間に眠りに落ちていく。

　アリスを演じたのはフィオナ・フラートン（撮影当時15歳）だった。後に『007／美しき獲物たち』でボンドガールを演じることになるフラートンは、テニエルの描くアリスにそっくりだという理由で主役を任されている。両者は確かによく似ているが、フラートンの当時の年齢は、キャロルが想定したアリスの年齢の倍にあたる。その他のキャストは、マイケル・クロフォード（白ウサギ）や、ピーター・セラーズ（三月ウサギ）、ダドリー・ムーア（眠りネズミ）、ラルフ・リチャードソン（イモムシ）といった数々のイギリスの大スターで構成されている。

　ミュージカルとして見た場合、楽曲は概してぱっとせず、ダンス・ナンバーも洗練されていなかった。この作品は英米両国においてさほど高い評価を得られなかったものの、英国アカデミー賞の撮影賞と衣装デザイン賞を受賞している。

帽子屋（ロバート・ヘルプマン）や三月ウサギ（ピーター・セラーズ）、眠りネズミ（ダドリー・ムーア）とともにティーパーティーに参加するアリス（フィオナ・フラートン）。

## エッチの国のアリス

イギリスにおけるポルノ映画の黄金時代（1972 - 1983 年）には、もはや聖域というものはなくなった。キャロルの生んだ子ども向けのファンタジーも例外ではなくなったのだ。1976 年、バッド・タウンゼント監督は、ソフトポルノ映画『エッチの国のアリス』の中で、アリス（クリスティーヌ・デ・ベル）と不思議の国の住人たちが、従来とはまったく違う方法で交流していく様子を描いている。映画の冒頭、アリスは清らかで純潔な図書館員として我々の前に現れる。憎からず思っていた修理工から言い寄られたアリスは、口説き文句をぴしゃりとはねつけ、彼を動転させる。その後、彼女はキャロルの『不思議の国のアリス』のページをパラパラとめくり始める。すると、アリスの前に白ウサギが現れ、鏡の向こうの不思議の国へと彼女を連れて行く。ルイス・キャロルにしてみれば、SM 趣味のハートの女王や好色な帽子屋が闊歩する不思議の国など、想像もつかなかったに違いない。1976 年 11 月 24 日付のレビューで、高名な映画評論家、ロジャー・エバートは、この作品を「ある種のウィットやスタイルを備えた、成人向けのミュージカルコメディー」と評した。とりわけアリス役のデ・ベルに心をひきつけられたエバートは、次のように語っている。「純真で爽やかなイメージに満ちたデ・ベルは、ぎょっとするような出来事が進行しているシーンでさえ、我々を魅了してやまない」

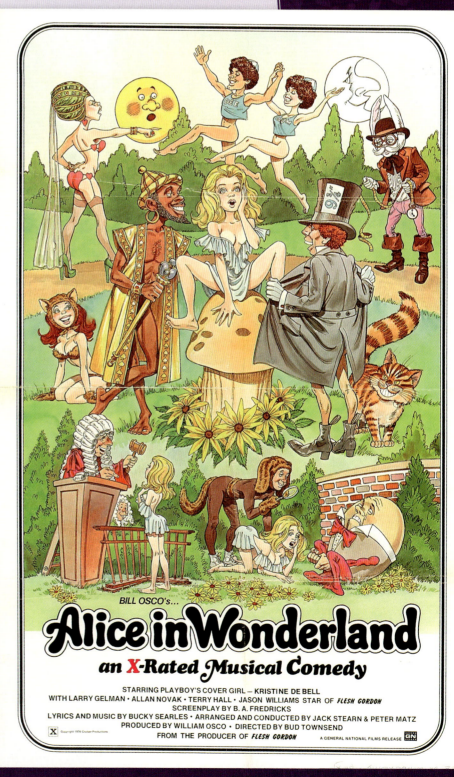

# ジャバーウォッキー

　キャロル作品の翻案ではないが、「モンティ・パイソン」のテリー・ギリアム監督による『ジャバーウォッキー』(1977年)は、『鏡の国のアリス』に登場する「ジャバウォックの詩」からインスピレーションを得ている。中世ヨーロッパの暗黒時代を舞台にしたこの映画は、愚直な樽職人見習い(同じくモンティ・パイソンの一員であるマイケル・ペイリンが演じている)の冒険を描いたものだ。主人公は次から次へと災難に巻き込まれたあげく、凶暴な怪獣を見事に退治してしまう。タイトルに掲げられているにもかかわらず、怪獣ジャバーウォッキーが姿を現すのは最後の5分間のみだ。

　この恐ろしい怪獣を描くにあたって、ギリアムは最先端の特撮技術に頼ろうとはしなかった。その代わりに、スーツアクターが着ぐるみの中に入り、後ろ向きに歩くことで、怪獣の動きを表現したのである。さらに、その奇怪な長い首は、マリオネットのように糸で操られていた。ジャバーウォッキーのぎくしゃくした動きや、翼状の腕には、気味が悪いほどのリアリティがあった。それを可能にしたのは、1950年代のゴジラ映画で用いられたような、古めかしいトリックだった。ギリアムはこう語る。「あれをどうやって撮ったと思うかとみんなに聞いてみたけれど、着ぐるみの中の人間が後ろ向きに歩いているなんて思った人は誰もいなかった。あまりに単純すぎて誰も気づかないんだ。優れた特撮というのは、たいていはシンプルなものなんだよ」

上：『ドリームチャイルド』でアリス・ハーグリーブスを演じるコーラル・ブラウン。帽子屋や三月ウサギとともにテーブルを囲んでいる。
下：冒頭の夢のシーンで、代用ウミガメ（左）とグリフォン（右）に近づくハーグリーブス。

# ドリームチャイルド
ソーン EMI ほか／監督：ギャヴィン・ミラー／1985年

　1932年、アリス・ハーグリーブスは、コロンビア大学からの名誉博士号の贈呈式のために、ニューヨークを訪問した。映画『ドリームチャイルド』の一部はこのときの実際の旅に基づいている。これは死期の近づいた人間が追憶をたどっていく物語である。デニス・ポッターの脚本によるこの作品は、老年のハーグリーブス（コーラル・ブラウン）が、大勢の厚かましい記者たちに悩まされる様子を巧みに描いている。彼らはハーグリーブスの乗った大型船がニューヨークの港に着くやいなや、一気に押しかけてくる。無礼にも彼女を「アリス」と呼び、質問攻めにしようとする記者たちを前にして、ハーグリーブスは困り果ててしまう。彼女の付き添いであり、旅の伴侶でもある若くて気弱なルーシー（ニコラ・カウパー）もまた、記者連中には勝てず、彼らの1人であるジャック・ドーラン（ピーター・ギャラガー）をホテルの部屋に招き入れてしまう。すったもんだのあげく、ジャックはハーグリーブスたちと打ち解け始め、予想通りに、ルーシーの心を奪っていく。

　到着時の大騒動にすっかり打ちのめされてしまったハーグリーブスは、ルイス・キャロル（イアン・ホルム）と過ごした娘時代を振り返り、自分とキャロルとの関係を再確認し、何十年も忘れていた出来事に思いを馳せるようになる。回想シーンや夢の中で、我々は幼い頃のアリス（アメリア・シャンクリー）とキャロルが一緒に過ごしている場面を目にする。アリスはおませで活発な少女として描かれており、キャロルに対してしょっちゅう失礼な態度を見せる。だが、アリスがどんなに無礼を働いても、ホルム扮する控えめなキャロルは、相変わらず彼女に愛情を注ぎ続ける。

　ハーグリーブスの追憶はときとして空想へと変化し、彼女は次第にキャロルの不思議の国に迷い込んでいく。この映画の中で最も効果的かつシュールな場面として、幼い頃のアリスの姿で不思議の国の住人たちの尋問を受けていたハーグリーブスが、突然老女の自分に戻ってしまうというシーンがある。この作品に登場する不思議の国のキャラクターは、みな邪悪で恐ろしい存在として描かれている。三月ウサギは黄ばんだ歯をむき出してハーグリーブスの愚かさをあざ笑い、イモムシは「あんたは老いぼれなんだよ、ハーグリーブスさん」と冷や水を浴びせる。

　子ども時代の記憶をたどるうちに、ハーグリーブスは自分の嘲りが繊細なキャロルをいかに傷つけたかを悟り、彼の愛の深さを知ることになる。この作品は、キャロルの愛にエロティックな要素があったかどうかという問題をあえて避けて通っている。ともあれ、彼の振る舞いは常に、堅苦しいとは言わないまでも礼儀にかなったものである。

　『ドリームチャイルド』はロングランこそ果たせなかったが、レビューはおおむね好意的なものだった。とりわけコーラル・ブラウンの演技は高い評価を受けた。彼女はイブニング・スタンダード・イギリス映画賞の主演女優賞に輝いている。イアン・ホルムの演技にも称賛の声が上がった。ポーリン・ケイルはこう指摘する。「ホルムはあらゆる場面で受け身の抑えた演技をしなければならなかった。彼はキャロルの痛々しいほどの自意識の強さや、感情を表に出すことへのためらいを内在化することによって、それを達成した。ホルムの演技にはそうした思いのすべてが刻まれている」。リジー・フランクは、比較的最近『ガーディアン』紙に寄せたレビューで本作をこのように評価している。「『ドリームチャイルド』は、空想の世界こそが、混沌とした愛情（喜びと心の動揺を同時にもたらすもの）の探究を可能にするという信念に立った映画である」

## アリス・ハーグリーブスのアメリカ訪問

　1932年、アリス・ハーグリーブスは、キャロル生誕100周年の記念祭に参加するためにアメリカを訪問し、現地で名誉文学博士号を授与されている。映画『ドリームチャイルド』で描かれているように、彼女は豪華客船に乗って海を渡った。ただし、映画とは違って、彼女に付き添っていたのは使用人ではなく、妹のローダと三男のキャリルだった。ニューヨークで80歳の誕生日を迎えたハーグリーブスは、滞在中に撮影されたニュース映画の中でキャロルについてこう語っている。「彼についてはおぼろげな記憶しかありません。ただ、子どもにとても優しい人だったことは覚えています」

アメリカ訪問中のアリス・ハーグリーブス（当時80歳）

## アリス・イン・ワンダーランド
ウォルト・ディズニー・ピクチャーズ／監督：ティム・バートン／2010年

　「アリス映画はほとんど全部見たものの（少なくとも自分が見た作品の中には）特にピンと来るものはなかった」とティム・バートンは語る。「どの作品も、結局のところ愚かな少女がおかしな連中とうろつき回っているだけのように見えてくるんだ」。『シザーハンズ』や『ナイトメアー・ビフォア・クリスマス』といった不気味でファンタジックな映画を生み出してきたティム・バートンは、バラバラなエピソードで構成されたアリスの原作本を、ストーリー性が高く、まとまりのある映画に仕立て上げることを決意した。そんな彼の心をひきつけたのが、リンダ・ウールヴァートンの手によるアクション満載の脚本である。映画『アリス・イン・ワンダーランド』誕生のきっかけは、ある日、ウールヴァートンが思いついたこんな疑問だった。「もしも大人になったアリスが不思議の国に戻ったら、いったいどうなるだろう？」彼女はこの着想をもとにして脚本の第一稿を書き上げた。間もなくディズニーがプロジェクトに加わり、バートンに監督を依頼することになった。彼とウールヴァートンは二人三脚で脚本に磨きをかけていった。『ガーディアン』紙のインタビューで、バートンは次のようにコメントしている。「私が描いたアリスの変人ぶりはさておき、これは主人公が自分自身の強さを見出していくというシンプルな物語なんだ」

　2010年2月25日、『アリス・イン・ワンダーランド』がロンドンで封切られたとき、観客はいつもの生真面目なアリス映画ではなく、刺激的な「続編」を目にすることになった。それは、19歳に成長したアリス・キングスレーが、再び不思議の国を訪れ、自分自身を再発見する物語だった。オーストラリア出身の女優、ミア・ワシコウスカ扮するアリスは、空想癖のある内向的なビクトリア時代の少女として我々の前に現れる。子どもの頃から悪夢に悩まされてきた彼女は、不思議の国（ワンダーランド）（作品中では地下の国（アンダーランド）と呼ばれている）を最初に訪れたときのことをまったく覚えていない。

　ウールヴァートンはこの作品の主人公を、意志の強い、たくましい女性として描こうとした。「脚本を執筆するにあたって、ビクトリア時代の習俗についてかなりのリサーチをしました。当時の少女がどのような振る舞いを求められていたのかを徹底的に調べ、それとは正反対のことをアリスにやらせたのです」。映画の冒頭、母親と一緒に馬車に乗っている場面で、母親はアリスがコルセットもストッキングも身に着けていないことを知り、愕然とする。後に、婚約パーティーの会場で、鼻持ちならない貴族の御曹司から求婚されたアリスは、結婚という牢獄に入ることを拒み、

『アリス・イン・ワンダーランド』（監督：ティム・バートン）のプロモーション用ポスター。

左上：『アリス・イン・ワンダーランド』（監督：ティム・バートン）のプロモーション用ポスター。

右上：フランスのパリでおこなわれたプレミア試写会に出席したティム・バートン監督とヘレナ・ボナム＝カーター。

右：コミコン（全米最大のポップカルチャーイベント）で自慢のコスプレを披露するファンたち。

白ウサギを追って逃げ出してしまう。

　ウサギ穴を転がり落ちていった後、アリスはアンダーランドに再び足を踏み入れる。「これはいつもの悪夢だろう」と確信したアリスは、じきに目が覚めるだろうと思い、アンダーランドの住人たちが繰り広げる論争を軽く聞き流している。住人たちは彼女こそがあの「アリス」（予言の書でジャバーウォックを退治するとされている女性）ではないかと言い争っていたのだ。赤の女王の手先である怪獣ジャバーウォックは、アンダーランドに大惨事をもたらしていた。アリスは赤の女王の家来たちの追跡をかいくぐり、自分の身代わりになってくれたマッドハッター（帽子屋）を救うために、女王の城へと向かっていく。

　さまざまな試練を乗り越えつつも、彼女は一貫してジャバーウォックとの戦いを拒み続けていた。だが当然ながら、映画の終盤には、アリスはドラゴンを退治した聖ジョージのごとくジャバーウォックを打ち倒し、アンダーランドを赤の女王の支配から解放することになる。その結果、妹の白の女王の統治が復活し、アンダーランドは平和を取り戻す。役目を終えたアリスは、再び婚約パーティーの会場に戻っていく。今や彼女はまったく違う人間に生まれ変わっていた。家族や友人たちに堂々と立ち向かい、求婚者を容赦なくはねつけるような女性になっていたのだ。ラストシーンで、アリスは貿易船のデッキに立ち、新しい冒険を求めて香港へ旅立っていく。

　この作品には、『不思議の国のアリス』や『鏡の国のアリス』でおなじみのさまざまなキャラクターたち、トゥイードルディーとトゥイードルダムや、イモムシ、チェシャ猫、バンダースナッチ（ブルドッグ似の猛獣）などが登場する。バートンの映画に多数出演しているジョニー・デップは、本作ではマッドハッターに扮している。すごみのある緑色の目にオレンジの髪のマッドハッターは、予想もつかないような言動を見せる。喜怒哀楽に合わせて目の色や服装が急に変化したり、いきなりスコットランド訛りで喋り出したりするのだ。

　赤の女王役のヘレナ・ボナム＝カーターは、原作の「ハートの女王」と「赤の女王」を融合させたようなキャラクターを演じている。ハート形の口紅とCG加工された巨大な頭がトレードマークの女王は、アンダーランドを支配する身勝手な暴君である。ボナム＝カーターは2歳になる愛娘、ネルをモデルにしてこのキャラクターを作り上げたという。

　『アリス・イン・ワンダーランド』は最新の特撮技術を駆使した、目にも鮮やかな作品だ。本物の俳優、通常のアニメやCGIアニメ、実写とアニメを合成したキャラクターなどが見事に融合し、一貫性のある映像を作り出している。視覚効果監修者のケン・ラルストンとそのチームは、さまざまな課題に直面した。赤の女王の巨大な頭と体のバランスを取ったことや、マッドハッターの姿を喜怒哀楽に合わせて変化させたこと、トゥイードルディーとトゥイードルダムの出てくる場面をそれぞれ2回ずつ撮影しなければならなかったことなどはその一例だ（この双子はマット・ルーカスという1人の俳優によって演じられていた）。出演者にとっての課題は、グリーンスクリーンの前で長時間演技をしなければならないことだった。アンダーランドの場面はすべてグリーンスクリーンを使って撮影されており、緑一色の背景の中に何時間も身を置いていた出演者やスタッフは、気分が悪くなったり、疲労感を覚えたりした。ティム・バートンが取った解決策は、ラベンダー色のレンズの眼鏡を配り、緑色のマイナス効果を和らげることだった。すべてのシーンを撮り終わった後には、作品を3D映像に変換する必要があった。ラルストンは言う。「3Dは、我々が作り出したこの奇妙な世界にアリスが実在しているように感じさせるための追加的手段として選ばれたんだ」

　大半の評論家はこの映画のビジュアル面を称賛した（本作品はアカデミー賞の美術賞と衣装デザイン賞に輝いている）。しかしながら、全般的に見れば『アリス・イン・ワンダーランド』の評価は賛否の入り混じったものだった。『バラエティ』誌のトッド・マッカーシーのレビューはその典型である。「気の利いたデザインや、魅力的なキャラクター、ウィットに富んだ俳優たちの存在にもかかわらず、この映画は思いのほか型にはまった作品になっている。『ディズニー製作のバートン映画』ではなく『バートンの演出によるディズニー映画』になってしまっているのだ」。『アリス・イン・ワンダーランド』は評論家好みの作品ではなかったものの、その興行収入は世界で10億ドルを突破した。これほど素晴らしい興行成績を収めた以上、続編の制作が進行中なのは当然であろう。『アリス・イン・ワンダーランド2』は、バートンではなく、人形劇映画『ザ・マペッツ』シリーズのジェームズ・ボビンが監督を務めることになっている。

❖ 75 ❖

# 第5章 テレビ版アリス

　「不思議の国というのは、途方もない出来事が起きる場所であり、同時に得体のしれない恐ろしいことが進行している場所でもある。今日の世界では、常軌を逸した奇妙な行動が、当たり前のようにおこなわれている。今や科学の進歩のおかげで、欲しいものをいつでも手に入れることができるようになった。離れたところにいる人と電話で話したり、見たいときにいつでもテレビを見たりすることが可能になったのだ。我々はボタン一つでファンタジーの世界へ入っていくことができる。150年前にルイス・キャロルがこの作品を書いたときにはあり得なかった話だ」

　　　──ニック・ウィリング監督、『スターリー・コンステレーション・マガジン』誌の
　　　　　リサ・スタインバーグとのインタビューにて

上記の引用文で指摘されているように、テレビのスイッチを入れるだけで何百ものテレビ番組を見られるなどということは、ルイス・キャロルの時代にはあり得ない話だった。お茶の間に登場した数多くのテレビ版アリスに対して、キャロルはいったいどんな感想を持つだろうか？

❦ 77 ❦

初期のテレビ版『不思議の国のアリス』は、ちらつきの多い白黒テレビの画面上に登場する。のちに、こうしたテレビ番組はカラーで放映されるようになった。今日では、視聴者はあらゆる種類のスクリーン、テレビ、パソコン、タブレット、スマートフォンを通して無数のテレビ番組を楽しむことができる。テクノロジーの進歩とともに、テレビの視聴方法は絶えず変化し続けているのだ。しかし、一つだけ変わらないことがある。それは、テレビ版アリスが次々に登場し続けているという事実である。

## 初期のテレビ化作品

『不思議の国のアリス』が初めてテレビに登場したのは、1937年4月、BBCの『シアター・パレード』シリーズの枠内だった。ジョージ・モア・オフェラルが制作・演出を手がけたこの番組は、当時の最新ミュージカルのハイライト版をお茶の間に送り届けていた（ちなみに、それより前の同年1月には『鏡の国のアリス』がこのシリーズで取り上げられており、本作はテレビで放映された初のキャロル作品となっている）。次に『不思議の国のアリス』がテレビに登場したのは、1946年のことだった。今回もオフェラルが手がけたBBCのテレビシリーズの一作であった。アリスを演じたのはヴィヴィアン・ピックルズである。彼女はその後、舞台と映画の両方で素晴らしいキャリアを築くことになった。1950年代にはさらに数本のテレビ版アリスが登場している。『クラフト・テレビジョン・シアター』という番組枠で放映された生放送ドラマ『チャーリー・マッカーシーと不思議の国のアリス（Charlie McCarthy in Alice in Wonderland）』（1954年）もその一つである。腹話術師のエドガー・バーゲンと人形のチャーリーのコンビを呼び物にしたこのドラマでは、若き日のアート・カーニーが帽子屋を演じている。1955年には、『ホールマーク・ホール・オブ・フェイム』の枠内で、全編90分のカラー版『不思議の国のアリス』が放映された。この作品は、フロリダ・フリーバスとエヴァ・ル・ガリエンヌによる舞台版『不思議の国のアリス』（1932年）をテレビ向けにアレンジしたものであり、ル・ガリエンヌ本人が自らの持ち役である白の女王を演じている。

## アリス (Alice)
BBC ／監督：ガレス・デイヴィス／ 1965 年

『ウェンズデー・プレイ』シリーズの一作として放映されたBBCドラマ『アリス』は、ルイス・キャロルと少女時代のアリス・リデルの関係を描いた創作ドラマである。『ペニーズ・フロム・ヘブン』や『ザ・シンギング・ディテクティブ（The Singing Detective）』といった代表作で知られるイギリスのテレビドラマ作家、デニス・ポッターが手がけたこの作品は、アリスに対するキャロルの報われない思いにスポットを当てたものだ。キャロルを演じたジョージ・ベイカーは、迫真の演技によって内気で吃音癖のあるこの数学教師をスクリーンの上に甦らせている。おまけに、ベイカーの容姿は不気味なほどキャロルに似ていた。ドラマはアリスが10歳ぐらいの頃（キャロルが『不思議の国のアリス』を執筆する直前）に始まり、彼女が16歳に成長した頃に終わりを迎える。10歳のアリスと16歳のアリスは、どちらもデボラ・ワトリングによって演じられている。とはいえ、ドラマの大半は10歳のアリスに重点を置いたもので、17歳のワトリングは、思春期前のあどけない少女を演じるには年を取りすぎていた。

この作品は、何気ない発言や会話がいかにキャロルのイマジネーションをかき立て、アリス本の題材を生み出していったのかを巧みに描き出している。例えば、白バラの茂みを刈り込んでいる庭師とキャロルが会話を交わす場面がある。ここで庭師の若い弟子の口から「バラをペンキで赤く塗ったらどうか」という突飛な発言が飛び出す。それ以上の描写はないが、キャロルは明らかにこの発言が気に入った様子だ。こうして我々は、『不思議の国のアリス』の「バラを赤く塗るトランプの庭師」のアイデアはここから生まれたに違いないと確信することになる。

BBC制作のドラマ『アリス』（全編1時間強）は、1965年10月13日に放映されている。ポッターはのちにこの脚本を映画『ドリームチャイルド』向けに書き直すことになった。映画版の回想シーンは、キャロルが最初にアリスの物語を生み出した時期のみにとどまっている。だが、この映画で追憶にふけっているのは、キャロルではなく、80代のアリス・リデルである（映画の概説については、71ページ『ドリームチャイルド』を参照）。

今日、デボラ・ワトリングはBBCのドラマ『ドクター・フー』（1967-1968年）のビクトリア・ウォーターフィールドを演じた女優としてよく知られている。

ジョナサン・ミラー版『不思議の国のアリス』の撮影風景。マッド・ティーパーティーの客たちはビクトリア時代の正装をしている。奇妙なのは彼らの見かけではなく、行動のほうだ。

# 不思議の国のアリス （Alice in Wonderland）
BBC／監督：ジョナサン・ミラー／1966 年

BBC 制作のジョナサン・ミラー版『不思議の国のアリス』の初回放送は、1966 年 12 月 28 日、午後 9 時 5 分に始まっている。この番組の放映はセンセーションを巻き起こした。子どもを楽しませるために書かれた本が、完全に大人向けのドラマに仕立て上げられ、このような遅い時間帯に放映されたことに対して、マスメディアから批判が殺到したのだ。さらにミラーは、キャロルが生んだおなじみの愛すべきキャラクターたちに、動物の着ぐるみやトランプのコスチュームを着せるのをやめている。代わりに彼は、すべての俳優にビクトリア時代の正装をさせることにしたのだ。ミラー自身はメディアからの批判に対してまったく悪びれる様子を見せていない。イギリスの風刺的なレビュー『ビヨンド・ザ・フリンジ（Beyond the Fringe）』に出演していたミラーは、「これは『子どもについてのドラマ』であって、『子どもだけのために作られたドラマ』ではない」と述べている。また、従来の派手なコスチュームではなく、ビクトリア時代の服装を採用したことについては、こう説明している。「手の込んだ手法を使うよりも、シンプルに徹したほうが常にうまくいく。スペクタクルな見せ物だけがドラマではない。むしろ簡素な内容のほうがいいドラマになる。日常の生活をごくさりげない形で描き、わざとらしい演出はできるだけ排除したほうがいい」

ミラー版『不思議の国のアリス』は、キャロル作品の土台にある心理的な側面に重点を置いている。そこで描かれているのは、大人の世界の入り口に立ち、周囲の出来事に面食らっている少女の姿である。この作品は白黒で撮影され、眠気を誘うほどのゆったりしたスタイルで演出されている。その冒頭とラストシーンを飾るのは、アリスがワーズワースの「霊魂不滅のうた」の一節を朗読している場面だ。この詩は、世界が「神々しい光に包まれている」ように見えるのは子ども時代だけだ、というワーズワースの思いを詠ったものである。幼年期の終わりを迎えつつあるアリスは、すでに喪失感を味わい始めているように見える。

ミラー自身の著書によれば、「お決まりのウサギの頭をした人間や、トランプの恰好をした廷臣を盲目的に取り入れる」のではなく、通常とは違ったアプローチによって「ビクトリア時代の夢にふさわしいビジュアルを生み出す

こと」を選んだのだという。したがって、アリス（当時は無名だったアン＝マリー・マリックが演じている）は白ウサギではなく、ステッキを持った紳士（ウィルフレッド・ブラムベル）を追って森を抜け、人気のない 19 世紀の建物の中に入っていく（この建物は実際にはイギリスのネットリーにあった陸軍病院跡であり、撮影終了後、ほどなくして取り壊されている）。コーカスレースの参加者はビクトリア時代の貴族である。彼らはとりとめのないお喋りによってアリスをうんざりさせる。イモムシ（マイケル・レッドグレイヴ）はキノコの上で水タバコを吹かしてなどいない。彼は机の前に座り、建築模型の埃を丁寧に払っている。

アリスはさまざまな試練にさらされながらも、終始ぼんやりした様子であり、周囲の出来事に目を向けようとさえしない。彼女の思いはナレーションによって語られることが多く、このドラマの夢幻的な雰囲気を助長している。乱れ髪をなびかせたその姿は、キャロルが思い描いたアリス像に近いように思われる。彼自身が手がけたアリスの挿絵は、豊かな髪が特徴的なラファエル前派の女性像を彷彿とさせるものだった（この点を強調するかのように、ドラマのエンドクレジットには、キャロル自身が描いたオリジナルのアリスの挿絵が登場している）。

幻想的な雰囲気をさらに高めているのが、インドのシタール奏者、ラヴィ・シャンカールの、心に残るサイケデリックな音楽である。シャンカールはこのドラマの音楽を作曲し、自ら演奏を手がけている。ミラーによれば、シタールの穏やかな調べは、ブーンという虫の羽音を思い起こさせるために使われたのだという。川岸で眠りに落ちるときにアリスが耳にしたのも確かにこの音だった。

『不思議の国のアリス』の出版 100 周年にあたる年に放映されたこのドラマは、古典作品というものが、永遠に新しい解釈を与えられ、生まれ変わっていく存在であることを物語っている。ミラーは先人がたどってきた道をあえて避けることによって、幼年期の終焉にスポットを当てた斬新な『アリス』を作り上げた。ミラーはこう指摘する。「動物の被り物を脱いだとたんに、この物語の本質が見えてくる。せかせかした、浮かない顔の人間たちに囲まれ、少女は心に思う。『大人になるってこういうことなの？』」

### 鏡の国のアリス (Alice Through the Looking Glass)
NBC／監督：アラン・ハンドリー／1966年

　ルイス・キャロル作品の翻案の大半は『不思議の国のアリス』に重点を置き、『鏡の国のアリス』のほうは手短に扱っている。一方、1966年11月6日に放送されたNBC制作のこのミュージカルは、もっぱら後者のみを扱ったものだ。ただし、「私を飲んで」と書かれた謎めいた瓶をアリスが見つけるシーンはある。だがアリスはその言葉には従わず、「やれやれ、もう結構だわ」とつぶやいて、瓶を元の場所に戻す。アルバート・シモンズの脚本によるこの作品には、キャロルの原作とは違う箇所がいくつか存在する。アリスが女王を目指しているという点は同じだが、ここでは彼女は怪物ジャバーウォックの退治にも手を貸すことになる。ジャバーウォックを演じているのは、ボブ・マッキーデザインのコスチュームで全身を覆ったジャック・パランスである。さらに、「道化師のレスター」（ロイ・キャッスル）といった、原作には存在しない新キャラクターも登場している。レスターはこの空想の世界におけるアリスの庇護者であり、パートナーである。また、このミュージカルの中盤には、おとぎ話に出てくる3人の悪女たち（『白雪姫』の継母、『眠れる森の美女』の魔女、『ヘンゼルとグレーテル』の老婆）が唐突に登場するシーンもある。

　20歳のジュディ・ローリンは、アリスを演じるにはいささか年を取りすぎている。エネルギーや情熱に満ち溢れてはいるものの、幼い子どもを演じるには落ち着きすぎているのだ。とはいえ、ローリンは堂々とした力強い声の持ち主であり、その歌唱は見事なものである。アリスは事あるごとにジャバーウォックに出くわしたり、この怪物から逃げ出したりしながら、鏡の国の中をさまよい続け、王国の住人たちに出会っていく。これらの住人の多くは、60年代の有名スターによって演じられている。『奥様は魔女』のエンドラ役でおなじみのアグネス・ムーアヘッドは、ここでは赤の女王に扮している。白の女王と白の王を演じているのは、ナネット・ファブレイとリカルド・モンタルバンだ。なかでもとりわけ異彩を放っているのが、黄色い上着とゲートルを身につけ、高い塀の上に座ってハンプティ・ダンプティを演じるジミー・デュランテである。トゥイードルディーとトゥイードルダムに扮したスマザーズ兄弟もはまり役と言える。

　作詞エルシー・シモンズ、作曲マーク・ムース・チャーラップ（ミュージカル『ピーター・パン』の作曲者として知られる）による楽曲は親しみやすく、耳に残るものだ。なかでも印象的なのが「物事には裏がある（There Are Two Sides to Everything）」や「女王にはなれそうもない（I Wasn't Meant to Be a Queen）」「ある夏の日（Some Summer Day）」といったナンバーだ。

　『鏡の国のアリス』の忠実な翻案というより、むしろバラエティショーに近いこのミュージカルは、少々陳腐な場面や、時代遅れの性差別的な会話が時折顔をのぞかせるものの、十分視聴に耐えうる作品である。本作はテレビ版『アリス』として初のエミー賞（レイ・アガーヤンとボブ・マッキーへの衣装デザイン賞）に輝くという、ある種の偉業を成し遂げている。

右ページ：宣伝用の白黒スチール写真。ポーズを取るジミー・デュランテ（ハンプティ・ダンプティ）とジュディ・ローリン（アリス）。

右ページの赤の女王（ジュディ・パーフィット）の衣装は、テニエルの挿絵（上）を忠実に再現している。

## 鏡の国のアリス (Alice Through the Looking Glass)
BBC／監督：ジェームズ・マクタガート／1973年

　このBBC制作のテレビ版『鏡の国のアリス』で主人公アリスを演じたのは、サラ・サットンだった（彼女は後年、『ドクター・フー』でニッサの役を演じることになる）。ここでは、サットンは奇妙で無秩序な国へ迷い込んだ少女に扮し、真実味のある自然な演技を披露している。その他のキャストの演技も同様に秀逸である。なかでも出色なのが、ブレンダ・ブルース（白の女王）とジュディ・パーフィット（赤の女王）だ。一方、イギリスの性格俳優フレディ・ジョーンズ扮する、すこぶる滑稽なハンプティ・ダンプティは、アリスにさまざまな質問を投げかけ、彼女を魅了したり、怒らせたりする。

　本作は細部に至るまでキャロルの原作に忠実である。アリスは列車の旅に出る場面で、ポークパイハットを被り、マントを着ている。この出立ちは、まさにテニエルの描いた挿絵そのものだ。ただし、いくつかのエピソード（アリスが森で子鹿に会う場面など）は割愛されており、「セイウチと大工」をはじめとする一部の詩もかなり省略されている。

　ジェームズ・マクタガート監督は『鏡の国のアリス』の忠実な翻案を作り上げるという偉業を成し遂げた。現代人の目から見れば、ドラマ全体のクオリティはさほど高くないかもしれないが、決して悪くない出来である。マクタガートは当時のテクノロジーを最大限に生かし、説得力のある映像を生み出した。1970年代には、クロマキー合成などの特撮技術の発達によって、さまざまな背景画と俳優の実写映像を重ね合わせることが可能になった。つまり、監督は自然の風景に頼らなくてもよくなったのである。この作品において、マクタガートはテニエルの挿絵を模した背景画に、アリスやその他のキャラクターの映像を重ね合わせている。『ステージ・アンド・テレビジョン・トゥデイ』紙のある評論家は、最新テクノロジーを進んで利用しようとするマクタガートの姿勢に満点の評価を与え、次のように言い切った。「凝った舞台装置や撮影テクニックは、単に目新しいからという理由で取り入れられているわけではない。こうしたテクノロジーは、『幻想的なファンタジー』を演出し、アリスとさまざまな架空のキャラクターとの交流を可能にするために存在しているのだ」

## 不思議の国のアリス (Alice in Wonderland)
コロンビア・ピクチャーズ・テレビジョン／監督：ハリー・ハリス／1985年

　CBS放送の豪華ミュージカル『不思議の国のアリス』は、1985年12月、2夜連続で放映されている。このドラマは2部構成で、第1部は『不思議の国のアリス』を、第2部は『鏡の国のアリス』を下敷きにしたものだった。キャロル作品の翻案にしては珍しく、このドラマでは「本物の子ども」がアリスを演じることになった。アメリカの子役、ナタリー・グレゴリーは、少しも物怖じすることなく、はつらつとした演技を披露している。不思議の国に迷い込んだアリスは、ただ奇妙な光景を見て回るだけではなく、なんとか家に戻ろうと努力し始める。脚本家のポール・ジンデルは、オズの国にたどり着いたドロシー・ゲイルのような役割をアリスに与えたのである。

　これまでに描かれてきたアリス（原作も含む）は、庭の美しさに魅せられてその中に入っていく。だが、この作品のアリスが庭に入ったのは、単に早く家族のもとに帰りたかったからである。こうしたホームシックは、ドラマの第2部でも彼女を悩ませ続ける。ハートのジャックの裁判から逃げ出し、我が家に戻ったとたんに、アリスはそこが本当の自分の住み家ではないことに気づく。彼女がたどり着いたのは、鏡の裏側の世界だったのだ。アリスが鏡の向こうをのぞくと、飼い猫のダイナや、出かける準備をしている両親の姿が見える。だが、彼女の姿は向こうの人間の目には映らず、声も届かない。その後、「ジャバーウォックの詩」を読み上げたアリスは、この恐ろしい怪物を呼び出してしまい、逃げ惑う羽目になる。これは彼女の恐怖心をビジュアル化した場面だと思われる。こうした恐怖心を克服できない限り、彼女は家に戻ることはできないのだ。

　「不思議の国」や「鏡の国」には、キャロルの生み出した数多くのキャラクターが棲みついている。そのなかには、『鏡の国のアリス』のライオンやユニコーンのような、その他の翻案ではめったにお目にかかれないキャラクターもいる。さらに、少々紛らわしいことに、この作品には、原作には出てこないキャラクターまで登場している。アリスは森の中で子鹿に出くわした後（この場面は原作通りである）、子ヤギや子ザルにも出会っているのだ。彼女はこの2匹に母親のもとへ帰るように促した後、再び歩き続ける。

　CBS放送の『不思議の国のアリス』は、オールスターキャストを謳ったドラマだった。確かに、出演者の大半は、誰もが知っているような大物である。レッド・バトンズ（白ウサギ）や、サミー・デイヴィス・Jr.（イモムシ）、マーサ・レイ（公爵夫人）、イモジーン・コカ（料理人）、キャロル・チャニング（白の女王）らは、そのほんの一例だ。さらに、あの元ビートルズのリンゴ・スターが「代用ウミガメ」に扮し、真に迫った悲しげな演技を披露している。

　この制作費1400万ドルのオールスタードラマは、『オズの魔法使』（1939年）の撮影場所でもあったMGMスタジオで撮られた。ジャバーウォックの登場シーンが多少ショッキングであることを除けば、家族全員で楽しめるように作られたドラマだと言えるだろう。

下：イモムシ（サミー・デイヴィス・Jr.）とお喋りをするアリス（ナタリー・グレゴリー）。グレゴリーは従来の青色ではなく、オレンジ色のドレスをまとい、ブロンドのかつらで黒髪を隠している。彼女は、600人以上の候補の中からアリス役に抜擢された。

### 不思議の国のアリス (Alice in Wonderland)
BBC／監督：バリー・レッツ／1986年

　本作は若者をターゲットにした正攻法のドラマであり、キャロルの原作にほぼ忠実に作られている。セリフも原作通りで、カットされた場面はほとんどない。また、多くの翻案とは違って、『鏡の国のアリス』の場面やキャラクターを出すようなこともしていない。とはいえ、これらの点を除けば、称賛すべき要素があまり見当たらない作品だと言える。

　各話30分、全4話で放映されたこの作品には、テンポが悪く、創造性やウィットに欠けたシーンがちらほら見られる。ドラマ全体からうかがわれるのは、これが低予算番組だという事実である。アリスが庭へ入っていくシーンは、明らかに書割とわかるような背景画をバックに撮影されており、神秘的な場面が台無しになっている。最大の過ちは、おそらくキャスティングだろう。アリス役のケイト・ドーニングは純真な少女を熱演しているものの、どう見ても20代の女性であり、アップになるとますますその事実が明らかになってしまう。

　各エピソードの冒頭とラストを飾るのは、あの運命の夏の日に、ルイス・キャロルがリデル三姉妹におはなしを語っているシーンである。多くの翻案は彼を吃音癖のある中年教師として描いているが、この作品に限って、キャロル（デヴィッド・レナード）は生き生きとした若い男性として我々の前に現れる（『不思議の国のアリス』を最初に生み出したとき、彼はまだ30歳であり、この描写は正確だと言える）。しかし、これらのセピア調のシーンでは、アリスとキャロルを演じている俳優同士の年齢の近さがとりわけ目についてしまう。

　『ドクター・フー』のバリー・レッツ監督による本作には、エリザベス・スレイデン（眠りネズミ）や、ブライアン・ミラー（グリフォン）、ロイ・スケルトン（代用ウミガメ）、マイケル・ウィッシャー（チェシャ猫）といった同シリーズの出演者がたくさん参加している（とはいえ、分厚いメイクのせいで、彼らを見分けるのは必ずしも容易ではない）。

### アドベンチャーズ・イン・ワンダーランド
(Adventures in Wonderland)
ディズニー・チャンネル／1992 - 1995 年

　ディズニー・チャンネルで1992年から1995年まで放映されていたこのテレビシリーズは、アリスを「寝室の鏡を通じて不思議の国にアクセスできる現代の少女」として描いている。アリスは異世界の住人たち（『不思議の国のアリス』と『鏡の国のアリス』の登場キャラクターの混合グループ）と触れ合い、彼らのトラブルを解消したり、喧嘩を仲裁したりする。多くの場合、こうした騒動の解決をきっかけにして、アリス自身が現実世界で抱えているトラブルも解消していく。子役女優、エリザベス・ハーノイスは、さまざまなミュージカルナンバーを交えながら、はつらつとしたアリスを演じている。不思議の国の主要キャラクターとしては、赤の女王（アルメリア・マックイーン）や、白ウサギ（パトリック・リッチウッド）、帽子屋（ジョン・ロバート・ホフマン）、三月ウサギ（リース・ホランド）、トゥイードルディー（ハリー・ウォーターズ・Jr.）とトゥイードルダム（ロバート・バリー・フレミング）、イモムシ（ウェスリー・マン）、チェシャ猫（パペット）、眠りネズミ（パペット）などが挙げられる。テリー・ガーは公爵夫人として時折登場した。100回の放送を重ねる間に、この番組は複数のエミー賞（メイクアップ賞、脚本賞、監督賞など）を受賞している。

パトリック・リッチウッド（右端）はローラーブレードをはいて白ウサギを演じなければならなかった。

## アリス・イン・ミラーランド
BBC／監督：ジョン・ヘンダーソン／1998年

　本作において、アリス（ケイト・ベッキンセイル）は母親であり、ブロンドの娘に『鏡の国のアリス』を読み聞かせている。おそらくこの8歳くらいの少女が、これから鏡の向こうに迷い込むのだろう……あなたはそう思うに違いない。だが、そのようなことは決して起こらない。鏡を通り抜けるのは、娘ではなく、母親のほうである。不思議なことに、鏡の向こう側に足を踏み入れたときから、彼女は自分の年齢は7歳だと訴え続ける（その理由は明かされていない）。さらに面倒なことに、撮影当時、ベッキンセイルは妊娠中で、カメラのアングルによってはその事実を隠しきれていない。だが、こうしたマイナス要素にもかかわらず、ベッキンセイルは、不条理な鏡の国を度胸と愛嬌をもってくぐり抜けていく勇敢なヒロインを見事に演じている。

　全体的に見れば、この作品は『鏡の国のアリス』の忠実で巧みな翻案になっている。鏡の国に迷い込んだアリスは、女王になることを目指し、巨大なチェス盤に見立てられた風景の中を進んでいく。道中で彼女は原作に登場するキャラクターの大半に出会うことになる。イギリスの俳優に詳しい観客なら、ジェフリー・パーマー（白の王）やペネロープ・ウィルトン（白の女王）といった出演者に気づくだろう。俳優でコメディアンのスティーヴ・クーガンは、列車旅行の場面で蚊に扮し、イアン・ホルムは不器用だが礼儀正しい白の騎士(ナイト)を演じた（ちなみにこのドラマが放映された1998年に、ホルムはナイトの称号を与えられている）。

　本作の特筆すべき点は、他の翻案と違って、「かつらをかぶったスズメバチ」の章を取り入れていることにある。当初キャロルはこのエピソードを『鏡の国のアリス』に収録するつもりだったが、テニエルから「面白みに欠ける」と指摘され、削除することに決めたのだった。黄色いかつらをつけたスズメバチに扮しているのは、シェイクスピア俳優のイアン・リチャードソンである。

## 不思議の国のアリス
NBC／監督：ニック・ウィリング／1999年

　ニック・ウィリング監督が手がけた『不思議の国のアリス』の冒頭とラストには、キャロルの原作には存在しない場面が盛り込まれている。1999年2月28日のゴールデンタイムにNBCで放映されたこの3時間スペシャルドラマは、ガーデンパーティーで歌を披露することになったアリスが、緊張の面持ちでスタンバイしているシーンから始まる（アリスに扮しているのは、ティナ・マジョリーノである）。人前で歌うのが怖くなったアリスは、土壇場でパーティーを抜け出し、庭のリンゴの木の下に逃げ込んでしまう。その場で知らぬ間に眠りに落ちた彼女は、白ウサギの後を追って不思議の国へと入っていく。

　その後のストーリーは、ほぼキャロルの原作通りに展開する。本作は『不思議の国のアリス』の大半のエピソードと、『鏡の国のアリス』のハイライトシーン（アリスが「喋る花々」や白の騎士に出会う場面など）を取り上げている。一方、原作と違うのは、このドラマには健全な教訓が含まれているという点である。それを如実に表しているのが、アリスが森で白の騎士と出会う場面だ。アリスが人前でのパフォーマンスに対する不安を打ち明けると、白の騎士は「怖がらずに挑戦しよう。さあ、勇気を出すんだ！」と助言する。道中で出会うその他のキャラクターたちも、ためになる忠告を与えてくれる。代用ウミガメは「自分の殻から抜け出してごらん」とアリスを励まし、「ウミガメスープ」の歌を歌わせようとする。

　ラストシーンの一つ前の場面で、アリスはハートの女王や廷臣たちに堂々と立ち向かい、彼らの前で「パフォーマンス」をしてみせる。白ウサギは見違えるほど自信に満ちたアリスに感心し、こう告げる。「……じゃあもう僕たちは必要ないね」。すると夢の世界はたちまち消え失せ、アリスは再びリンゴの木の下に戻っている。当然ながら、彼女はその後、ガーデンパーティーできちんと歌うことができる。ただし、彼女が歌ったのは、不思議の国で代用ウミガメから教わった「ロブスターのカドリール」だ。

　ウィリングは原作の愛読者であることを告白し、「敬意を持って作品に取り組んだ」と語っている。それにもかかわらず、テレビ版の制作にあたって、彼は内容の一部を改める必要があると感じた。「私が一番こだわったのは、『人前で歌うことへの不安を克服するアリス』というテーマを取り入れることだった。なぜなら、原作本はバラバラに書かれたエピソードの寄せ集めで、起承転結を伴ったストーリーとして描かれていないからだ。現代の視聴者をひきつけるためには、主人公に感情移入できるようなテーマを取り入れる必要がある」

　ホールマーク・エンターテインメント制作のこのスペシャルドラマには、トップスターが総出演している。チェシャ猫に扮したウーピー・ゴールドバーグはおなじみのにやにや笑いを披露し、代用ウミガメ役のジーン・ワイルダーは大げさに嘆いてみせる。謎めいたイモムシを演じているのはベン・キングズレーである。とりわけ素晴らしいのが帽子屋役のマーティン・ショートとハートの女王役のミランダ・リチャードソンだ。ショート扮する帽子屋は、滑稽さと理屈っぽさが絶妙に入り混じったキャラクターであり、そのパフォーマンスは、まるでテニエルの挿絵が動き出したかのようである。リチャードソンは持ち前の演技力を存分に発揮し、恐ろしく気まぐれで激情に満ちたハートの女王像を作り上げている。真っ赤な唇を尖らせたこのわがままな女王は、何でも思い通りにしなければ気が済まないのだ。

ウィリング版『不思議の国のアリス』（1999年）で帽子屋を演じるマーティン・ショート。

白ウサギやチェシャ猫、グリフォン、三月ウサギ、眠りネズミ、公爵夫人の赤ん坊、クロッケーのマレットになったフラミンゴ、モルモットの陪審員などのパペットはジム・ヘンソン・クリーチャー・ショップのデザインによるものである。美しいビジュアルや高い特撮技術はこのドラマの目玉であると言える。本作は最終的に4つのエミー賞（衣装デザイン賞、メイクアップ賞、作曲賞、視覚効果賞）を受賞している。

　多くの評論家は、個々のシーンには光るものがあることを認める一方で、テンポの悪さを指摘している。『バラエティ』誌のレビューは、こうした意見を代表するものである。「最高に楽しいシーンや感動的な場面がある一方で、このドラマはすべてがいささか過剰すぎる。あまりにも長く、バラエティに富んでいて、ボリュームが多いのだ。せっかくの優れた特撮シーンも、回数が多すぎるために、その効果が台無しになっている。あらゆるトリックを駆使したがゆえに、不思議の国をめぐるアリスの旅には、むしろ退屈な場面が増えてしまっているのだ」

廷臣に付き添われ、不安そうな顔でハートの女王との謁見に臨むアリス。

## アリス
Syfy（サイファイ）ほか／監督・脚本：ニック・ウィリング／2009年

　NBC制作の『不思議の国のアリス』を監督してから10年後の2009年、ニック・ウィリングは再びキャロル作品の翻案を手がけることを決意する。だが彼は、原作をそのままテレビドラマ化することには興味がなかった。今回ウィリングが目指したのは「150年後の不思議の国」を新たに創造することだった。彼はすでに別の名作ファンタジーを題材にして似たような企画に挑戦したことがあった。2007年、『オズの魔法使い』を現代風にリメイクした『アウター・ゾーン』を作り上げていたのである。このミニシリーズは高視聴率を獲得し、批評家の称賛を浴びた。

　『アリス』が描いているのは、ハイテク国家と化した150年後の不思議の国である。この国は、「オイスター」（アリスの世界から拉致された人間たち）に依存することで成り立っている。オイスターは鎮静剤を投与され、近未来的なカジノでゲームに明け暮れている。不思議の国の科学者は、そんなオイスターから「人間的な感情」をすべて抜き取っていく。こうして抽出された、欲望や恍惚、畏怖といった感情のエキスは、一種の麻薬として不思議の国の住人に与えられ、その結果、彼らはすっかり中毒に陥り、ハートの女王の言いなりになっている。

　20代の柔道インストラクターであるアリス（カテリーナ・スコーソン）は、白ウサギと呼ばれる男の後を追い、異世界に迷い込む。この白ウサギとその手下によって、彼女の新しいボーイフレンド、ジャック・チェイス（フィリップ・ウィンチェスター）は拉致されてしまっていたのだ。

　不思議の国に足を踏み入れたアリスは、すぐさまジャックの捜索に乗り出す。そんな彼女に手を貸してくれたのが帽子屋（アンドリュー・リー・ポッツ）だった。世知に長

アリス（カテリーナ・スコーソン、上）は狡猾なハートの女王（キャシー・ベイツ、左ページ）との対決を強いられる。

けてはいるが、信頼できるかどうかはいまひとつ定かではないこの男とともに、荒廃した街並みの中を進んでいくうちに、アリスはおなじみの不思議の国のキャラクターたちに出会う。キャシー・ベイツ扮するハートの女王は、完全な独裁者として不思議の国に君臨している。「首をはねよ」という決めゼリフも健在である。原作と同様に妻の言いなりになっているハートの王は、彼女が背を向けるやいなや処刑命令を撤回する。トゥイードルディーとトゥイードルダムは女王お抱えの不気味な拷問官だ。彼らは囚われの身になったアリスを「真実の部屋」で尋問にかけ、巧みな心理作戦によって情報を引き出そうとする。女王に仕える暗殺者、三月ウサギはサイボーグであり、その頭はウサギの形をした陶器製のクッキージャーでできている。その一方で、女王に立ち向かうレジスタンス集団も存在する。集団のリーダーを務めるのは、イモムシと呼ばれる謎の男（ハリー・ディーン・スタントン）だ。

　その後、アリスを待ち受けていたのは、数々の驚くべき事実だった。まず、彼女はボーイフレンドのジャック・チェイスが、他ならぬハートのジャック（女王の息子）であったことを知る。さらに、その驚きも覚めやらぬうちに、ジャックが実はレジスタンス集団の一員だったことが判明する。ジャックはアリスならきっとカーペンター（ティモシー・ウェッバー）のマインドコントロールを解いてくれると思い、彼女を不思議の国へおびき寄せたのである。科学者であるカーペンターは、オイスターから感情を抜き取るシステムを考案し、その麻薬的なエキスを臣下に投与することで、彼らが女王の言いなりになるように仕向けていた。そしてこのカーペンターこそが、長らく行方不明だったアリスの父親だったのである。

　このミニシリーズは、ティム・バートン監督の『アリス・イン・ワンダーランド』（73ページを参照）が公開される1年前に放映されているが、両作品には多くの共通点がある。どちらも原作のようなバラバラなエピソードの寄せ集めではなく、自己探求のストーリーを前面に押し出した作品になっているのだ。もはや子どもではなくなったアリスは何らかの複雑な事情を抱えており、それを解決しない限りは、自らの人生を歩んでいくことができない。『アリス・イン・ワンダーランド』では、彼女は求婚者をはねつける勇気を手に入れなければならない。一方『アリス』では、父の失踪を受け入れ、他人に心を閉ざしがちな自分自身と

折り合いをつける必要がある。どちらの作品でも、最終的にはアリスと帽子屋がコンビを組み、悪と戦うことになる。

　『アリス』は高視聴率を獲得したものの、ドラマへの評価は賛否の入り混じったものだった。一部の視聴者からは（特に冒頭部分の）テンポが悪いという声が上がった。その一方で、ウィリングの独創性や、原作を聖典扱いせず、積極的に大胆な翻案を試みる姿勢を称賛する者もいた。『デイリー・ニューズ』紙のデヴィッド・ヒンクリーはこう評している。「純粋主義者の中には、キャロルの作品を好き勝手に改竄（かいざん）しようとするウィリングの姿勢に眉をひそめる者もいるだろう。だが、『不思議の国のアリス』はファンタジー（人々の想像力をかき立て、楽しませるための手段）として書かれたものである。本作はそうした本来の使命に忠実に従っていると言える」

## ワンス・アポン・ア・タイム・イン・ワンダーランド
(Once Upon a Time in Wonderland)
ABCスタジオほか／原案：エドワード・キッツィス、アダム・ホロウィッツ、ザック・エストリン、ジェーン・エスペンソン／2013-2014年

　2013年10月に放送が開始されたこのテレビシリーズは、『ワンス・アポン・ア・タイム』のスピン・オフ番組である。『ワンス・アポン・ア・タイム』では、白雪姫やピーター・パン、ルンペルシュティルツキンといった、数多くのおとぎ話の登場人物が、ドラマの中で共演を果たした。『ワンス・アポン・ア・タイム・イン・ワンダーランド』は、これと同様の手法を用いて、『アリス』の世界と、ディズニー映画『アラジン』のキャラクターを融合させたものである。

　本作のパイロット版では、数々の回想シーンを通じて、『アリス』と『アラジン』の2つの世界がどのようにして衝突することになったのかが明かされる。幼いアリス（ソフィー・ロウ）はワンダーランドから無事戻ってくる。しかし、アリスは死んだと思い込んでいた父親（ショウン・スマイス）は、「突然消える猫」や「言葉を喋るウサギ」を見たという彼女の話をはなから信じようとしない。アリスは引き続きワンダーランドを何度も訪れ、父親を納得させられるような証拠を探し続ける。今や若い娘に成長したアリスは、いつものようにワンダーランドを訪問した際に、サイラスという名のジーニー（ランプの精）と恋に落ちる。

アリスは女王の手下から追われていたときに、近くにあったサイラスが宿るランプの中に逃げ込み、そこで彼と出会ったのだ。なぜジーニーがワンダーランドにいるのか？

彼は遠い昔に、邪悪なジャファー（ナヴィーン・アンドリュース）から逃れるために、中東のポータル（ウサギ穴）を通ってワンダーランドへ飛んできていたのである。

サイラスとともにワンダーランドにとどまっていたアリスは、やがて赤の女王（エマ・リグビー）との戦いに巻き込まれる。その結果、サイラスは崖から煮えたぎる海へと突き落とされてしまう。恋人が死んだと思い込んだアリスは、傷心を抱えてビクトリア時代の世界へ戻り、父親によって精神病院に入れられる。その後、アリスを救い出したのは、ハートのジャック（マイケル・ソーチャ）だった。ハートのジャックは彼女に、サイラスはまだ生きているかもしれないと告げる。

ワンダーランドに戻ったアリスは、あまり気乗りしない様子のハートのジャックとともに、サイラスの捜索に乗り出す。その後のエピソードでは、再会したアリスとサイラスが、志を同じくする仲間の支援を受けながら、多種多様な悪役たちに立ち向かっていく姿が描かれている。

『ワンス・アポン・ア・タイム・イン・ワンダーランド』のレビューはおおむね好意的だった。作品全体のクオリティに対する評価は高く、多くの評論家が、アリスに扮したオーストラリア女優、ソフィー・ロウの魅力的な演技に賛辞を贈った。ハートのジャック役のマイケル・ソーチャや、ジャファー役のナヴィーン・アンドリュースのパフォーマンスにも称賛が集まった。『サンフランシスコ・クロニクル』紙のデヴィッド・ウィーガンドは、このドラマを次のように総評している。「プロットは少々詰め込みすぎの感があるが、特撮や切れ味のいい演出、力強い演技のおかげで、視聴者は途中で飽きることなく、ウサギ穴へ落ちていくアリスに感情移入できる」。しかし、こうした高評価とは裏腹に、本シリーズは十分な視聴率を獲得できず、2014年に打ち切りになっている。

# 第6章
# アニメ版アリス

「これまでにさまざまな名作文学をアニメ化してきたが、『不思議の国のアリス』ほど手ごわい課題に直面したことはなかった」

——ウォルト・ディズニー、「アニメ版アリス顛末記（How I cartooned Alice）」と題された記事より

上記の引用でウォルト・ディズニーが述べているように、アリスの翻案は、アニメ制作者に独自の難題をもたらしている。アリスの映像化につきものの問題（バラバラなエピソードから成る原作を、ドラマチックなストーリーに仕立て上げることなど）に加え、彼らは作画や人形制作を通じて、キャラクターの姿や動きをゼロから作り上げなければならないのである。ディズニーは上記の記事の中で、この点を端的に言い表している。「本の挿絵のアニメ化というのは、技術的に簡単なものではないのだ」。それにもかかわらず、これまでに数多くのアニメ制作者が、この難題に挑戦してきている。1923年にディズニー自身が生み出した『アリスの不思議の国』から、マット・グレイニングの人気アニメ『ザ・シンプソンズ』のユーモラスなオマージュにいたるまで、アリスの世界をアニメで再現しようと奮闘するアーティストの例は後を絶たない。

左：ウォルト・ディズニー作『アリス・イン・ザ・ジャングル』（1925年）のプロモーション用ポスター。
右：ハンガリーのイラストレーター、ジョーフィア・サボによるアリスのスケッチ。

## アリスの不思議の国
ラフォグラム・フィルム／監督：ウォルト・ディズニー／
1923年

　ディズニーの長編アニメ『ふしぎの国のアリス』（1951年）が公開されるはるか以前に、ウォルト・ディズニーはこの12分半の短編アニメ（劇場未公開）の監督を務めている。白黒の無声映画で、実写とアニメを組み合わせたものだった。タイトルと「空想の世界を旅する子ども」というコンセプトを除けば、ルイス・キャロルの名作との共通点はほとんど見当たらないものの、この作品の存在は、ディズニーがキャリアの初期から『アリス』に興味を持っていたことを示している。

　本作において、アリス（4歳の巻き毛の少女、ヴァージニア・デイヴィスが演じている）は、アニメ制作の工程を見学するために、カンザスシティのラフォグラム社を訪問する。案内役を務めるのは若き日のウォルト・ディズニーだ。アリスはアニメ化された動物たちが画板の上で摩訶不思議なパフォーマンスを繰り広げるのを楽しげに見つめる。その夜、アリスは夢の中で「アニメの国」を訪れ、壮大なパレードに出迎えられる。のちに新しい友人たちにダンスを披露していた彼女は、動物園から逃げ出した4頭のライオンに追いかけられ、崖から飛び降りる。アリスは（原作のアリスがウサギ穴を転がり落ちたときのように）落ちていく。そして無事、ベッドの中で夢から覚める。

　この映画はついに劇場公開されることはなかった。ラフォグラム社は本作が完成した直後に破産申請したのだ。しかし、だからといってディズニーの費やした時間が無駄になったわけではない。彼は『アリスの不思議な国』を何人かのアニメ配給業者に見てもらい、その1人であるマーガレット・J. ウィンクラー（『フィリックス・ザ・キャット』シリーズの配給を手がけていた人物）との新たな契約に漕ぎつけることができたのである。その後、ウォルトと兄のロイは共同で会社を設立し、ウィンクラーからの要請を受けて、『アリスの不思議の国』の続編である『アリス・コメディー』シリーズの制作に取り組み始める。同シリーズは大成功を収め、1924年から1927年の間に新たに56本もの作品が生み出されることになった。こうして、かの有名なウォルト・ディズニー・カンパニーが誕生したのである。

ヴァージニア・デイヴィスは全56作の『アリス・コメディー』シリーズのうち、13作で主演を務めた。彼女は現場でのウォルト・ディズニーの様子について次のように語っている。「撮影中、ウォルトはいつも『さあ、ごっこ遊びをしよう』と言ってから、どんなシーンを撮るのか説明してくれました。キャストは一発でOKを出さなければなりませんでした。ウォルトとロイには、『テイク2』用のフィルムを買う余裕がなかったのです」

## 不思議の国のベティ
製作：マックス・フライシャー／監督：デイヴ・フライシャー／1934年

　ジャズエイジの奔放な女性（フラッパー）を戯画化したキャラクターであるベティ・ブープは、短編アニメ『ビン坊の料理人（Dizzy Dishes）』（1930年）の中で銀幕デビューを果たしている。ただし、この作品において、彼女は擬人化された犬として描かれていた。ビン坊（マックス・フライシャーの『トーカートゥーン〔Talkartoons〕』シリーズに登場する犬のキャラクター）の意中の人であるベティは、トレードマークである大きな丸い目とすらりと伸びた足を持っていたものの、同時にその耳は「プードル」のように垂れ下がっていたのである。しかし、1931年公開の『ベティの仮面舞踏会（Mask-A-Raid）』では、この垂れ耳は大きなフープ・イヤリングに変わっており、ベティは明らかに人間として描かれている。やがて『ベティ・ブープ』シリーズは大ヒットとなり、彼女のファンクラブや連載漫画、ラジオ番組まで登場するようになった。1934年の4月に公開された『不思議の国のベティ』は上映時間約7分の短編アニメであり、その内容は『不思議の国のアリス』と『鏡の国のアリス』を足して2で割ったようなものだった。

　映画は、ベティが夜更けに『不思議の国のアリス』のジグソーパズルを組み立てている場面から始まる。パズルに飽き始めたベティは、眠気をこらえながら、白ウサギの頭の部分をパズルにはめ込む。するとその瞬間、パズルから突然白ウサギが飛び出し、鏡の向こう側へ消え去っていく。彼を追って鏡の中に飛び込んだベティは、いつの間にか地下鉄の駅の前に立っている。駅の中に入った彼女はたちまち足を踏み外し、穴の中をどこまでも落ちていく。やがて無事に着地したベティが、横穴をさらに進んでいくと、小さな出口が見つかる。彼女はそこを通り抜けるために、「Shrink-ola（縮むコーラ）」と書かれた泡立つ飲み物を口にする。するとベティの体はあっという間に小さくなる。面白いことに、ベティが縮んでも服のほうは小さくならない。しかし、シャワーの水をかけると、服はみるみる縮んでちょうどいいサイズになる。

　帽子屋や公爵夫人、トゥイードルディーとトゥイードルダム（どちらもベーブ・ルースと瓜二つである）といったおなじみのキャラクターも数多く登場する。ベティが彼らに「ハウ・ドゥ・ユー・ドゥ（How Do You Do）」というジャズ風のナンバーを披露していると、突然、ジャバーウォックが襲いかかり、彼女を捕まえてしまう。その他のキャラクターたちは慌ててベティを助けようとする。なんとかジャバーウォックから逃れたベティは、ようやく夢から目覚め、自分がリビングルームでジグソーパズルを前にしていることに気づく。

　『不思議の国のベティ』は、ベティ・ブープというキャラクターが自由奔放な独身女性として描かれた最後の映画だった。1934年7月、映画製作倫理規定（ヘイズ・コード）が施行され、不適切と判断された内容に対して規制が加えられるようになったのである。

## ミッキーの夢物語
ウォルト・ディズニー・プロダクション／監督：デヴィッド・ハンド／1936年

　ミッキーマウスは『蒸気船ウィリー』（1928年）でデビューを果たした後、一躍人気スターとなった。彼は100本以上もの短編アニメに出演しているが、その83作目にあたるこの作品は、ディズニーの『アリス』への変わらぬ思いを物語っている。ラフォグラム社で『アリスの不思議の国』（1923年）を手がけてから13年後、彼はキャロルのファンタジーの世界を再創造しようとしていたのである。1936年5月30日、ユナイテッド・アーティスツの配給で公開されたこの映画は、上映時間約9分の短編アニメであり、『不思議の国のアリス』と『鏡の国のアリス』の両作品から着想を得ている。『アリスの不思議の国』と同様に、眠りに落ちたミッキーは夢の中で鏡をすり抜け、その向こう側の世界（はちゃめちゃになった自宅）の中へ入っていく。映画のタイトル（原題『Thru the Mirror』）や、空想の世界へ入っていく方法は『鏡の国のアリス』からの借用だが、同時に『不思議の国のアリス』のモチーフも存分に取り入れられている。鏡の向こう側に足を踏み入れたミッキーは、あらゆる家財道具に命が宿っていることに気づく。椅子は「おれの上に飛び乗るな」と抗議の声を上げ、足載せ台は猛犬となって吠え立てる。やがてミッキーは、擬人化されたクルミ割り器からクルミの実を受け取り、口に入れる。すると彼はみるみる巨大化していく。しかし天井に頭がつかえたとたんに、たちまちトランプ大のサイズに縮んでしまう。ミニチュアサイズの体を手に入れたミッキーは、その境遇を楽しんでいるかのように見える。ネズミ界のフレッド・アステアである彼は、さまざまなシチュエーションで得意のダンスを披露していく（シルクハットに白い手袋、手にはステッキという「アステアスタイル」で踊る場面まで出てくる）。フレッド・アステアとジンジャー・ロジャース主演の『トップ・ハット』は前年に公開されたばかりであり、ミッキーの滑稽なタップダンスは、おそらく本作に敬意を表したものだと思われる。映画の終盤で、ミッキーはトランプたち（これもまた『不思議の国のアリス』へのオマージュである）とパフォーマンスを繰り広げる。グレタ・ガルボそっくりのハートの女王と抱き合って踊っていたミッキーは、ハートの王の怒りを買い、王とトランプたちから追いかけまわされる。ミッキーは扇風機でトランプたちを吹き飛ばしながら、必死に逃げ回る。なおも食い下がるトランプたちを退け、鏡を通って脱出した彼は、無事、ベッドの中で目を覚ますのだった。

若き日のウォルト・ディズニーとミッキーマウス（1930年頃）。

### 不思議の国のアリス (Alice in Wonderland)
ルー・ブーニン・プロダクションほか／監督：ダラス・バウアー、ルー・ブーニン／1949年

　ルー・ブーニン版『不思議の国のアリス』がニューヨークのメイフェア・シアターで公開初日を迎えたのは、ウォルト・ディズニーの『ふしぎの国のアリス』がクライテリオン・シアターで封切られるわずか2日前のことだった。ディズニーにとって、それは受け入れがたい事実だったに違いない。というのも、ウォルト・ディズニー・プロダクションは、このブーニンの映画（実写と人形アニメを組み合わせたもの）のアメリカでの公開の延期を求めて訴訟を起こしたあげく、敗訴していたからである。こうして、2作品が競合するのを避けたいという会社の意向は退けられてしまった。とはいえ、ブーニンの勝利は束の間のものだった。評論家はブーニン版に酷評を浴びせたのだ。『ニューヨーク・タイムズ』紙のボズレー・クラウザーは本作を「悪夢のような映画」と呼び、「ユーモアに欠け、お堅いトルストイ主義者のような雰囲気を漂わせている」と評している。アリスを演じたイギリスの女優キャロル・マーシュは当時20歳であり、7歳の少女を演じるには年を取りすぎていたのもマイナス要因だった。

　1949年にフランスで初公開され、1951年にアメリカで公開されたこの作品は、何年もの歳月をかけて制作されたものだった。人形のシーンはストップモーション・アニメで撮影されており、わずか18センチほどの小さな人形は、映画の中では大きく拡大されていた。人形アニメーション作家であり、ストップモーション・アニメの先駆者でもあるルー・ブーニンは、本作のイギリスでの公開をなかなか果たすことができなかった。同国の映画検閲官は、彼が制作したハートの女王の人形に難色を示した。彼らはそれをビクトリア女王に対する辛辣な風刺だと見なしたのである。イギリスでの公開がようやく実現したのは、1985年のことだった。この作品は公開当時には成功を収められなかったものの、のちにニューヨーク近代美術館によって復元・保存されており、現在ではカルト的な人気を誇っている。

白ウサギのパペットとポーズを取るキャロル・マーシュ。

# ふしぎの国のアリス

ウォルト・ディズニー・プロダクション／監督：クライド・ジェロニミ、
ウィルフレッド・ジャクソン、ハミルトン・ラスク／1951 年

ウォルト・ディズニーはそれまでのキャリアを通じて『不思議の国のアリス』という題材を何度も取り上げており、いつかこの作品を本格的な長編映画に仕上げたいと思っていたものの、本腰を入れて取り組んだことはまだ一度もなかった。彼は 1920 年代初期に『アリス』へのオマージュを含んだ実写・アニメ混合の短編『アリスの不思議の国』（102 ページを参照）を制作しただけでなく、1936 年には『ミッキーの夢物語』でミッキーマウスを「不思議の国」に送り込んでいる（104 ページを参照）。しかしながら、念願の長編アニメ『ふしぎの国のアリス』が封切られたのは、1951 年のことだった。本作の公開までの道のりは決して平坦なものではなく、無事に封切を迎えられたのは一種の奇跡だと言える。

ディズニーは幼い頃から常に『不思議の国のアリス』に魅了されてきた。1946 年、『アメリカン・ウィークリー』誌の記事でこう語っている。「あらゆる英文学作品の中で、ルイス・キャロルの『不思議の国のアリス』ほど興味をそそられる物語はない。小学生の頃に初めて読んだときからすっかりこの作品の虜になった私は、アニメの制作に取り組み始めた後、可能な限り早い段階で『アリス』の映画化権を獲得した」

初めての長編アニメ映画『白雪姫』を完成させた直後の 1938 年に、ディズニーは『アリス』およびテニエルの挿絵の映画化権を購入している。だがその 5 年前にも、ディズニーは無声映画時代のスターであるメアリー・ピックフォードを招いて、『アリス』の長編映画を制作するという企画を検討していた。これはピックフォードから持ち込まれた企画で、彼女自身が実写のアリスを演じ、ディズニーが不思議の国とその住人たちのアニメを制作する予定だった。しかし 1933 年、ハリウッドスター総出のパラマウント版『アリス』（62 ページを参照）が公開されるやいなや、この企画は立ち消えになってしまった。

1938 年に映画化権を獲得した後、ディズニーはスタッフからストーリー案を募ることにした。脚本家の 1 人であるアル・パーキンスは原作の内容を分析し、アニメ用のプロットをいくつか提示してみせた。だが、その他の脚本家たちは悲観的だった。かつてストーリー部門の責任者を務めていたボブ・カーは、「この本にはストーリーというものが存在しない」と嘆いた。彼はまた、アリスというキャラクターに対しても疑問を呈し、「アリスは個性に欠けている。彼女は周りにいるおかしな連中の引き立て役に過ぎない」とコメントしている。

とはいえ、のちにストーリーの構想も固まり、1939 年にイギリスのアーティスト、デヴィッド・ホールによって不思議の国の風景やキャラクターのコンセプトアートが描き上げられた。さらに同年 11 月には、完成版のイメージを伝えるための短編映画が制作されている。しかし、ディズニーはその出来栄えにあまり感心しなかった。「とても気に入った部分もあれば、今すぐフィルムを引き裂いてやりたいと思うような部分もあった」と、彼は語っている。ディズニーはしばらくの間、この企画を棚上げすることを提案した。こうしてディズニー版『アリス』は、その後 6 年にわたって凍結されてしまったのである。

デヴィッド・ホールのコンセプトアートは全編アニメの映画を想定したものだったが、ディズニー自身は、実写とアニメの混合映画という案をなかなか捨てきれなかった。フレッド・アステアのダンスパートナー、ジンジャー・ロジャースを主役に据えることを真剣に考えていた時期もある。また別の折には、『南部の唄』でヒロイン役を演じた若手スター、ルアナ・パットンの抜擢も検討されていた。

1945 年、映画化に向けてユニークな企画案を求めていたディズニーは、小説『すばらしい新世界』で知られるイギリスの有名作家、オルダス・ハクスリーを招き入れることにした。ハクスリーは『アリスと不思議なキャロル氏（Alice and the Mysterious Mr. Carroll）』と題された、実写とアニメの混合映画のための脚本を用意してきた。しかしディズニーは、「彼の書いた脚本はあまりにも文学的すぎて、3 分の 1 しか理解できなかった」という有名なコメントとともに、この企画案を即座に却下している。

やがてディズニーは全編アニメの映画を制作することを決意し、当時 13 歳だった子役、キャサリン・ボーモントをアリスの声優に抜擢した。当初、スタッフはテニエルのスタイルをできるだけ踏襲したアニメを制作するつもりだった。しかし、作業が進むにつれて、テニエル風の細密画のアニメ化は困難であることが判明した。そこで、テニエルの挿絵の雰囲気を残しつつ、より漫画的なディズニー

ドナルドダックとともに『ふしぎの国のアリス』の絵本を読むウォルト・ディズニー。ドーチェスターホテルにて。

『ふしぎの国のアリス』（1951年）のアートワークを眺めるウォルト・ディズニーとキャサリン・ボーモント。ボーモントは本作でアリスの声優を務めている。

風のキャラクターが生み出されることになった。ウォルト・ディズニーは「アニメ版アリス顛末記」と題された記事の中で、次のように説明している。「アニメ化にあたって、我々はキャラクターを一から作り直さなければならなかった。なぜなら原作とは違って、挿絵と文章ではなく、アクションによって彼らの振る舞いを表現しなければならないからだ。とはいえ、細部に至るまでテニエルの挿絵に忠実な作品を生み出すことができたという自負はある。したがって、キャロルとテニエルが作り上げた原作のイメージが我々の描写によってねじまげられていると言い出す者は誰もいないはずだ」

映画はおおむね『不思議の国のアリス』に基づいているが、『鏡の国のアリス』の要素も少々含まれている。花々が歌うシーンや、トゥイードルディーとトゥイードルダムが「セイウチと大工」の詩を暗唱するシーンは『鏡の国のアリス』のエピソードだ。映画の大半はキャロルの原作

ウォルト・ディズニー製作『ふしぎの国のアリス』（1951年）のプロモーション用ポスター。

を忠実になぞっているものの、ところどころ変更点も見られる（たいていは、ストーリーにメリハリをつけるための処置である）。1939年の段階では存在していた「ブタとコショウ」のエピソードは、ここではすべて割愛されている。1939年版から削除されたもう一つのエピソードとして、アリスが怪獣ジャバーウォックと対面し、彼が実はコミカルなキャラクターだったことを知るシーンがある。さらに、代用ウミガメやグリフォン、白の騎士といったキャラクターもこの作品には登場していない。一方、ディズニー映画にはよくあることだが、原作には登場しない新キャラクター（ここでは「喋るドアノブ」）が導入されている。ディズニーによれば、「喋るドアノブ」を登場させたのは、導入部でアリスが長くて説明的なモノローグを喋らなくても済むようにするためであり、同時にアリスの引き立て役を作るためだったという。

原作に対して忠実な姿勢とは裏腹に、ディズニーはキャロルのダークな世界観をより健全で当たり障りのないものに修正せざるを得なかった。原作では不思議の国の住人がアリスを鋭い口調で責め立て、命令に従わせたり、苦痛を与えたりする。一方、ディズニー版で彼女が出会う奇妙な生き物たちは、敵対的な存在というよりも、むしろ滑稽で間抜けなキャラクターとして描かれている。『ふしぎの国のアリス』は痛烈な社会風刺が込められた作品ではなく、健全な家族向けの映画に仕上げられたのである。

『ふしぎの国のアリス』には、当時のディズニー映画としては最も多くの楽曲が使用されていた。主題歌の「ふし

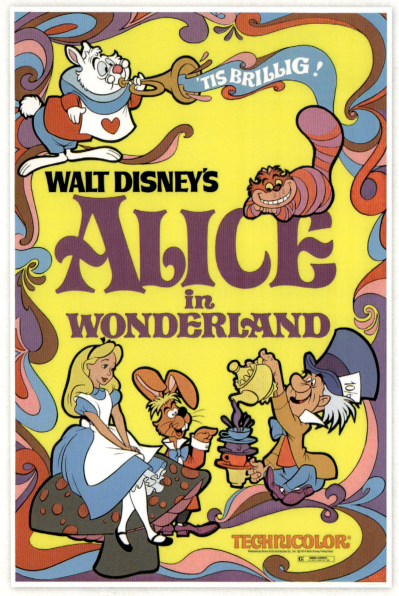

ディズニーは不発に終わった『ふしぎの国のアリス』を1974年に再公開し、「主要作品」として売り出した。
このポスターのサイケデリックな色使いは、本作が大学生の心にも訴えるものであることを強調している。

ぎの国のアリス（The Alice in Wonderland）」はジャズのスタンダードナンバーとなり、デイヴ・ブルーベックをはじめとする著名なミュージシャンによって演奏されている。キャロルの詩に基づいた曲もあれば、当時のソングライターが手がけた曲もあった。なかでもおそらく最も有名なのは、アップテンポで陽気なナンバー、「お誕生日じゃない日のうた（Unbirthday Song）」だろう。『ふしぎの国のアリス』のために書かれた曲の中には、いったんは不採用になったものの、別のディズニー映画に使用された曲もあった。

1951年夏、『ふしぎの国のアリス』はようやく封切を迎えたが、批評家の反応は決して好意的なものではなかった。さらに、大掛かりなプロモーションにもかかわらず、初公開時の興行収入では300万ドルの投資分を回収することはできなかった。「ディズニーはキャロルの名作を無難な作品に改竄してしまった」という批判もよく聞かれた。ディズニーが当初から「20世紀の不思議の国のアリス」を生み出そうとしていたことを考えれば、こうした批判は不当だと言えるかもしれない。1939年におこなわれたミーティングで、彼はこう言い切っている。「キャロルの物語の背景にはスピリットがある。それはファンタジーであり、イマジネーションであり、常識外れのロジックだ。

……だが同時にそれは面白くなければならない。イギリスの観客やキャロル愛好家なんてくそくらえだ。私はこの作品を1940年版や1945年版の『不思議の国のアリス』に仕上げたいと思う。最新型の『アリス』を作りたいんだ」。一方、『ニューヨーカー』誌の批評家はこう述べている。「派手な挿入歌や、文学作品よりもむしろノミのサーカスに似つかわしい演出によってキャロルの名作を引き立てようとしても無理である。ディズニー氏の『アリス』には、そうした事実に対する徹底的な無理解が見受けられる」

ディズニー本人も最終的にはこの映画の出来に不満を抱いていた。彼は「キャロルの奇想を映像化するのは恐ろしく困難だった」と告白し、本作を「まったく納得のいかない作品」と見なしている。ディズニー自身の最終評価は「この映画にはハートが欠けていた」というものだった。『ふしぎの国のアリス』がようやく一定の評価を得たのは、1960年代のサイケデリックブームの頃である。この作品は、アメリカ中の大学のキャンパスにおいて16ミリフィルムで上映されていた。大学生たちはこうした上映会に詰めかけ、水タバコを吸うイモムシや、幻覚作用のあるマッシュルーム、トリップ体験のような突飛なエピソードに歓声を上げていたのである。

イギリスのイラストレーター、ロン・エンブルトンの描いた「セイウチと大工」。

### 不思議の国のアリス（君のような素敵な子がこんなところで何してるの）（Alice in Wonderland（or What's a Nice Kid Like You Doing in a Place Like This?））
ハンナ・バーベラ・プロダクション／監督：アレックス・ロヴィ／1966年

　ハンナ・バーベラ・プロダクション版『不思議の国のアリス』は、1966年3月30日に米ABCテレビでゴールデンタイムの特別番組として放映されている。ここではアリス（郊外に住む10代の少女）は、飼い犬フラッフの後を追い、ウサギ穴や鏡ではなく、テレビの中を通って異世界に迷い込んでいく。不思議の国に足を踏み入れたアリスは、数々の滑稽なキャラクターたちと出会う（アリスの声を演じているのは、『宇宙家族ジェットソン』のジュディ役や、『ドラドラ子猫とチャカチャカ娘』のチャコ役で知られるジャネット・ウォルドである）。多くのキャラクターの声は、おなじみの俳優や有名人によって演じられている。チェシャ猫の声を担当しているのは、サミー・デイヴィス・Jr.だ。あごひげを生やし、ベレー帽をかぶった、クールなビートニクであるチェシャ猫は、番組のテーマソング「君のような素敵な子がこんなところで何してるの？（What's a Nice Kid Like You Doing in a Place Like This?）」を歌っている。「君だってこんなところは嫌だろう。ポテトチップはしけてるし、ビールは水で薄められてる」という歌詞は、本番組がよくある子ども向けのアニメではないことをうかがわせるものだ。この曲は大ヒットを記録し、全米ビルボードでトップ10入りを果たした。本作のすべての楽曲は、ミュージカル『バイ・バイ・バーディ』で知られるリー・アダムスとチャールズ・ストラウスが手がけている。

　その他にも、ハーヴェイ・コーマン（帽子屋）や、ザ・ザ・ガボール（ハートの女王）、コメディアンのビル・ダナ（白の騎士）といった有名スターが声優を務めていた。また、ゴシップ・コラムニストのヘッダ・ホッパーは、この作品において生涯最後の演技を披露している。彼女の役どころは、マッド・ティーパーティーで奇抜な帽子のコレクションを見せびらかす「帽子屋ヘッダ」だった。ハンナ・バーベラ制作のこの特別番組には、土曜の朝の番組でおなじみのアニメキャラクター、『原始家族フリントストーン』のフレッドとバーニー・ラブルまで登場している。彼らは2つの頭を持つイモムシとしてアリスの前に現れ、麦わら帽子やステッキを携えて、ヴォードヴィル風の歌やダンスを見せてくれる。

　ビル・ダナの手によるほのぼのした雰囲気の脚本は、駄じゃれや視覚的なジョークを満載したものだった。アリスが不思議の国に初めてやってくるシーンでは、画面に分厚い本が現れ、その中のページに「個人的にはここは悪くない場所だと思う」というルイス・キャロルのお墨付きの言葉が現れる。その他のユーモラスな場面として、ハンフリー・ダンプティ（ハンフリー・ボガートのもじり）が悪党(バッドエッグ)になり、刑務所に入っているシーンなどがある。愛犬のフラッフと再会したアリスは、不思議の国の住人の助けを借りてハートの女王の追跡から逃れ、無事、郊外の自宅へ戻っていく。

## ケアベア・アドベンチャー・イン・ワンダーランド (The Care Bears Adventure in Wonderland)
監督：レイモンド・ジェフリス／1987年

　アメリカン・グリーティングス社のグリーティングカードの挿絵として誕生したキャラクター、ケアベアは、1980年代中頃のアメリカのおもちゃ市場と子ども向けテレビ番組を完全に支配していた。1985年から1987年の間に、このカラフルなクマたちを呼び物にした3本の劇場版アニメが公開されている。その3本目にあたるのが『ケアベア・アドベンチャー・イン・ワンダーランド』である。もしもルイス・キャロルがこの映画を見たら、ごたまぜになった登場人物の中から自らが作り出したキャラクターを見分けるのにきっと苦労するだろう。第一に、本作には「不思議の国の住人」はほんの少数しか出てこない。白ウサギやチェシャ猫、帽子屋、ジャバーウォック（『鏡の国のアリス』の登場キャラクター）にはある程度の出演時間が与えられており、フラミンゴや、交通警官役のイモムシの登場シーンも存在するものの、公爵夫人や三月ウサギ、代用ウミガメなどの大半のキャラクターの姿はどこにも見当たらないのだ。ハートの女王は活躍するが、あくまで「善玉」の1人として扱われている。悪役を務めるのは、即位間近のプリンセスから玉座を奪おうとしている強欲な魔法使いだ。この魔法使いは原作には登場しないキャラクターだが、その手先であるディーとダムは、トゥイードルディーとトゥイードルダムをモデルにした、ブタのようなキャラクターである。

　ケアベアたちは白ウサギのおかげで不思議の国に迷い込む羽目になる。白ウサギはプリンセスを捜していた。邪悪な魔法使いが彼女を誘拐し、ジャバーウォックの手に渡してしまったのだ。ケアベア一行は白ウサギをアリスのところへ連れて行く。アリスはダイナという猫を飼っているごく普通の女の子だが、プリンセスと瓜二つの容姿をしていた。そこでアリスを不思議の国に連れて行き、プリンセス

ディズニーの『ふしぎの国のアリス』（1951年）と同様に、ここでもチェシャ猫はサイケデリックな色調で描かれている。

『ケアベア・アドベンチャー・イン・ワンダーランド』は、ケアベアの３本目の劇場版アニメである。

が救出されるまでの間、その影武者になってもらうことにしたのである。それまで自分に自信がなかったアリスは、「君は特別な存在なんだ」というケアベアたちの言葉に励まされ、新たな自信を胸に、魔法使いが投げかけるさまざまな試練を克服していく。

このパステルカラーのアニメには、手を抜いた箇所（キャラクターの体の一部がたまに動くだけで、背景はずっと変わらないシーンなど）がしばしば見られるものの、テンポのいい演出のおかげで、それほどあらが目立たずに済んでいる。使用されている楽曲の中には、キャロルの遊び心をうまくとらえた独創的なナンバーもある。帽子屋はさまざまな被り物をはげ頭にかぶせながら、「帽子に夢中（Mad About Hats）」を熱唱する。一方、チェシャ猫は横柄なヒップホップ・ラッパーとして描かれている。

1987年8月7日、シネプレックス・オデオン・フィルムの配給で公開された本作に対し、評論家は賛否の入り混じった評価を下した。子どもにとっては楽しい映画だが、大人から見ると意外性に欠けるというのが大方の意見だった。『ワシントン・ポスト』紙のハル・ヒンソンの言葉は、それを端的に言い表している。「この映画を見ていると、まるで75分間にわたってラッキーチャームス（カラフルで甘ったるい子ども向けのシリアル）を容赦なく投げつけられているような気分になる」

## アリス (Něco z Alenky)
脚本・監督：ヤン・シュヴァンクマイエル／1988年

　このチェコ映画では、オープニングクレジットが流れ出すのと同時に、アリス（クリスティーナ・コホウトヴァー）が観客に向かってこう告げる。「今から映画を観るの。たぶん、子ども向けの映画よ」。あるいは、これは子ども向けの映画ではないのかもしれない。ヤン・シュヴァンクマイエル監督が手がけたシュールで暴力的な本作（実写とストップモーション・アニメの混合映画）は、あらゆる年齢の子どもたちに間違いなく悪夢をもたらすだろう。

　チェコのアニメ作家シュヴァンクマイエルは、自身初の長編映画を不吉な予感や胸騒ぎに満ちた作品に仕上げている。長年にわたって『不思議の国のアリス』の影響を受けてきた彼は、言葉遊びや奇妙なキャラクターではなく、原作に漂う夢幻的な雰囲気に重点を置くことにした。あるインタビューで彼はこう述べている。「その他の翻案は『アリス』を何らかの教訓を含んだおとぎ話として描いている。一方、夢というのは我々の無意識の表れであり、理性やモラルにとらわれず、秘めたる願望を徹底的に追い求めようとするものだ。なぜなら夢を突き動かしているのは快楽原則だからだ」。シュヴァンクマイエルはさらにこう明言する。「わたしの『アリス』は"現実化された夢"である」

　映画はおおむね原作のプロットに基づいている。オープニングクレジットの後、アリスは奇妙な品々が散乱した不気味な部屋の中にいる（それらの多くは、のちに不思議の国の事物として登場する）。すると、ガラスの展示ケースに入っていた白ウサギの剥製に突然命が宿り、もぞもぞと動き出す。ウサギはケースの底の引き出しを開け、中にしまってあったスーツを身に着ける。そして、やはり引き出しの中にあった大きなハサミでガラスを叩き割り、ケースから脱出する。白ウサギは懐中時計を確認した後、腹から詰め物のおがくずをこぼしながら急いで走り去っていく。アリスは彼を追って、無人の荒野へ迷い込む。荒涼とした風景の中央に、木製の机が置かれている。ウサギは机の引き出しを通って異世界へ消えていく。この映画にはお決まりのウサギ穴は登場しないのだ。そしてアリスもまた、引き出しの奥へ吸い込まれてしまう。

　彼女はウサギ穴を転がり落ちるのではなく、エレベーターによって下方へ運ばれる。この前衛的な映画に登場

する不思議の国は、他に類を見ない独特なものである。それは狭苦しい部屋の集合体であり、どの部屋に入ってもぎょっとするような光景が待ち受けている。こうした演出は閉所恐怖症的な感覚を呼び起こし、見る者を圧倒していく。原作のキャラクターのすべてが出てくるわけではないが、イモムシ（ガラスの目玉を持ち、入れ歯をはめた、細長い虫のような靴下）や、マッド・ティーパーティーの面々、ハートの王と女王の登場シーンは存在する。

　白ウサギは数多くの役割を担っており、映画を通じて邪悪な力を発揮し続けている。ここでは、泣きわめく赤ん坊の世話をしているのは、料理人と公爵夫人ではなくこの白ウサギである。また、赤ん坊のいる小さな家の中をのぞこうとするアリスに向かって、皿や調理器具を投げつけてくるのもやはり白ウサギだ。別の部屋ではマッド・ティーパーティーがおこなわれており、マリオネットの帽子屋とぜんまい仕掛けの三月ウサギがトランプをしている。やがて白ウサギはポケットからハサミを取り出し、彼らの頭を切り落としてしまう。しかし帽子屋と三月ウサギはまったく動じることなく、互いの頭部を交換し、そのままトランプを続ける。

　その他の翻案とは違って、本作ではしかるべき年齢の子どもがアリスを演じている。クリスティーナ・コホウトヴァー（彼女以外の出演者はすべて人形である）は7歳くらいの年恰好であり、これはキャロルが想定したアリスの年齢とぴったり一致する。つぶらな瞳をした金髪のクリスティーナが演じるアリスは、なかなかのはまり役である。彼女は映画のナレーター役でもあり、自分自身のセリフだけでなく、その他のキャラクターのセリフも読み上げている。クリスティーナはこれらのセリフの後に必ず「……と白ウサギは言いました」「……と女王は叫びました」といった言葉を付け加えており、そのたびに彼女の口元が大写しになる。

　本作ではセリフや音楽はごくわずかしか使われていない。観客はほとんどの間、引き出しをこじ開ける音や、皿が割れる音、紙の擦れる音といった効果音のみを大きめの音量で聞かされることになる。こうした効果音は、ストップモーション・アニメのぎくしゃくした動きと相まって、ぞっとするような雰囲気を醸し出している。

　奇怪な映像と「心をかき乱す恐怖」という隠れたテーマを持ったこの映画は、1988年の公開以来、カルト的な人気を集めている。そういう意味でヤン・シュヴァンクマイエルの作品群が『アリス・イン・ワンダーランド』（73ページを参照）のティム・バートン監督に大きな影響を与えてきたという事実は、驚くにはあたらないかもしれない。

本作に登場する白ウサギは、本物のウサギの剥製である。

ネズミがアリス（クリスティーナ・コホウトヴァー）の頭の上で料理をしているシュールな場面。

## 『ザ・シンプソンズ』

意外にも、さまざまなポップカルチャーのパロディで知られるアニメ『ザ・シンプソンズ』は、『不思議の国のアリス』を本格的に取り上げたことが一度もない。とはいえ、本作のシーズン7（1995・1996年）の最終話には、2人の不思議の国のキャラクターにスポットを当てた短いシーンが存在する。「ディア・フレンド・リサ」と題されたこのエピソードにおいて、リサ・シンプソンは自分の人気のなさを痛感させられる。級友たちの誰も彼女のイヤーブックにサインしてくれなかったからだ。シンプソン一家がビーチに休暇旅行に出かけた際、リサは一念発起し、クールな女の子になることを決心する。あるとき、図書館の前を通りかかったリサは、中に入りたい気持ちをぐっとこらえ、さまざまな本の登場人物についての空想に浸り始める。こうした白昼夢の一つに、アリスと帽子屋が出てくる。「私たちのティーパーティーに来ない？」リサにそう話しかけてきたアリスは、途中で態度を一変させ、「来ちゃだめ、リサ。これは罠よ！」と叫ぶ。アリスは帽子屋にとらえられ、頭に銃を突きつけられながら、リサに逃げろと訴え続ける。

『アリス』のパロディは、シーズン25の「ハロウィーン・スペシャルXXⅣ」のオープニングアニメにも登場する。『ヘルボーイ』、『パンズ・ラビリンス』などで知られる映画監督のギレルモ・デル・トロが手がけたこのオープニングには、彼ならではのユニークなひねりが加わっている。さまざまなモンスターや悪党（数々の名作ホラー映画を元ネタにしたもの）から逃げのびたシンプソン一家は、カウチの上にドスンと腰を下ろす。この動作は通常、オープニングアニメの終了を告げるものだ。しかしここでは、リサはカウチを突き破り、アリスに変身して穴の中へ落ちていく。デル・トロはこのシーンについて次のように語っている。「あの落下シーンは、『不思議の国のアリス』のパロディだけど、リサが着ているのは『パンズ・ラビリンス』のオフェリアの衣装なんだ。さらに『パンズ・ラビリンス』とは違って、リサの着地した場所には、巨大なヒキガエルではなく、『フューチュラマ』の催眠ヒキガエルがいるんだよ」

その他にも細かいパロディを含んだエピソードはいくつか存在する。シーズン4の「バート VS ハムスター」というエピソードで、ホーマーは安全運転講習会に出席し、研修ビデオを見る羽目になる。すると、そのビデオに出てきた俳優が、「私はトロイ・マクルーア、そう、『フロントガラスの国のアリス（Alice's Adventures through the Windshield）』に出ていた、あのトロイです」と自己紹介する。また、シーズン6の「リサの結婚」というエピソードには、カーニバルを訪れていたリサが、白ウサギの後を追って占い師のテントにたどり着くというシーンがある。さらに、シーズン14の「モーのマギーに捧げる子守唄」では、マギーがモーに『不思議の国のアリス』を読んでくれとせがむが、彼は「マッシュルーム依存症の女の子」が出てくる本はダメだと言って断ってしまう。

# 第7章
# アリスから生まれた本や音楽

「昔おとぎ話を読んだときは、そんなことあり得ないって思ってた。でも今は自分がその真っ只中にいるのよ！　私のことを本に書くべきだわ、ええそうですとも！」

——ルイス・キャロル『不思議の国のアリス』

キャロル作品の翻案を最初におこなったのは、他ならぬキャロル本人だった。『子ども部屋のアリス』（1890年）は、『不思議の国のアリス』を彼自身の手によって幼児向けに書き直したものである。間もなく他の者たちも次々に翻案に乗り出し、今日までに無数のパロディや改作、続編が生み出されてきた。アリスは彼らによってまったく別の空想の国へ送り込まれ、そこで白ウサギや帽子屋といった旧友や、新しい仲間たちと出会うことになったのだ。アリスを使って政治家の愚かさや当時の社会規範を揶揄しようとする作家も少なくなかった。なかにはアリスを教育的な目的に利用する者もいた。彼らはアリスを題材にして、読み書きや文法などを教えるテキストを作り出したのである。

✤ 121 ✤

# アリスの派生作品

### 古い不思議の国の新しいアリス (A New Alice in the Old Wonderland)
作：アンナ・マトラック・リチャーズ／画：アンナ・M. リチャーズ・Jr.／J. B. リッピンコット社／1895年

アンナ・マトラック・リチャーズ（1835-1900年）は、アメリカの有名な風景画家ウィリアム・トロスト・リチャーズの妻であり、自身もまた作家だった。彼女は大人のための詩集を2冊上梓する一方で、一流の児童雑誌において数多くの子ども向けの詩を発表している。『不思議の国のアリス』が世に出てから30年後の1895年、フィラデルフィアの出版社 J. B. リッピンコットは、彼女の児童書『古い不思議の国の新しいアリス』を出版した。それは不思議の世界を再訪し、キャロルの空想の世界へのオマージュを示した小説だった。

物語の主人公は、アメリカ人の少女アリス・リーである。彼女は、大好きな『アリス』の本をひまさえあれば読み返している。ある月夜の晩、アリスの寝室の洗面台とテーブルの間に「それまで存在しなかった扉」が出現する。その扉を開くと、さらに別の扉が現れ、いつの間にかアリスは不思議の国に迷い込んでしまう。彼女はそこで『不思議の国のアリス』や『鏡の国のアリス』のキャラクターたちと出会うことになる。

本書に収録された67点の挿絵は、著者の娘であるアンナ・リチャーズ・ブリュースターの作品である。ブリュースターは印象派の画家として活躍しており、主に風景画や静物画、肖像画などを手がけていた（この書籍のクレジットでは、ブリュースターの名前は「アンナ・M. リチャーズ・Jr.」と記載されている）。テニエルの挿絵に強く影響されたブリュースターのイラストは、彼が生んだキャラクターをそのまま踏襲したものであり、本書と原作との結び付きをさらに深めていると言える。

左：ブリュースターの描いた公爵夫人とチェシャ猫の挿絵。テニエル版のキャラクターがそのまま踏襲されている。

右：『古い不思議の国の新しいアリス』の口絵。

Frontispiece

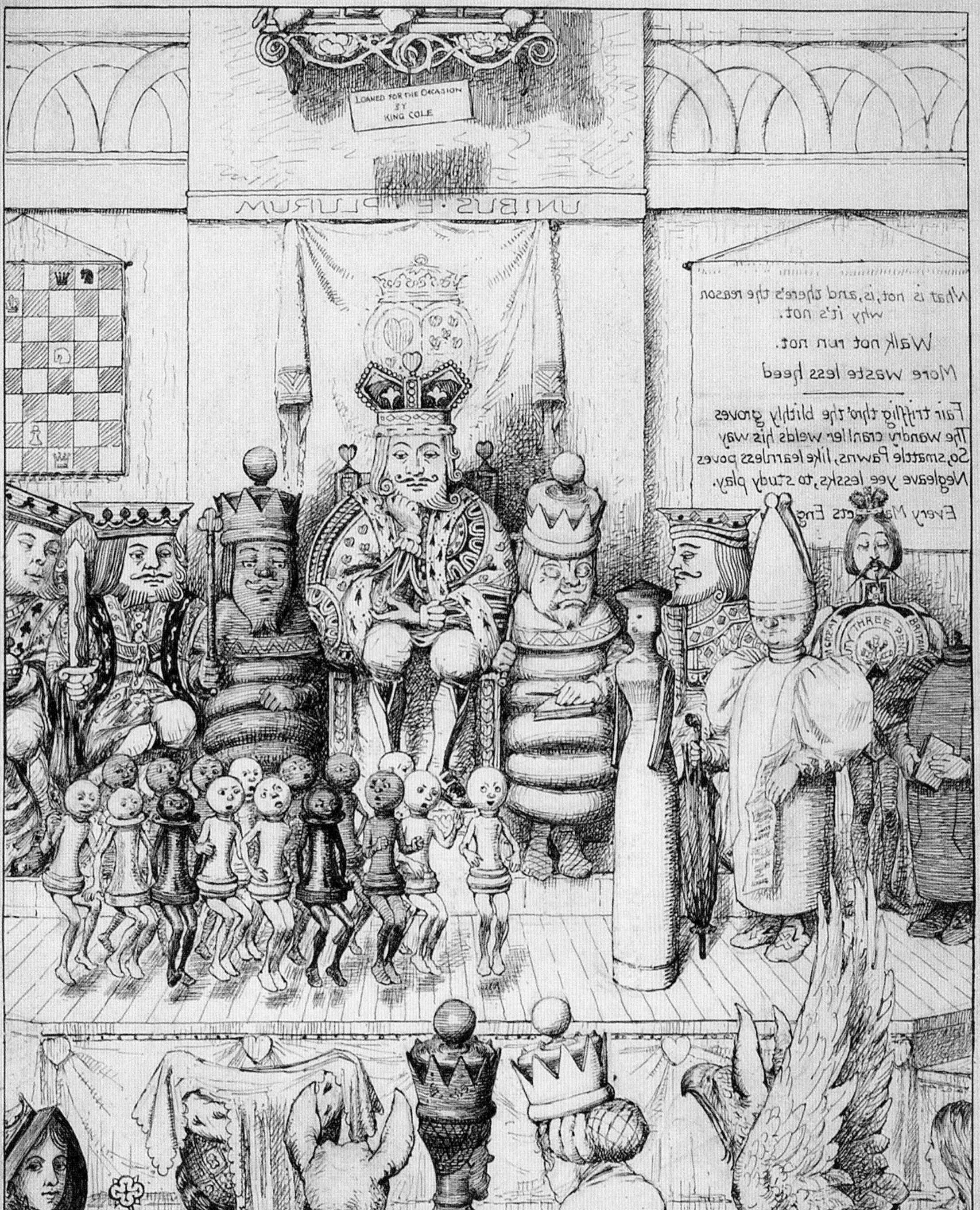

『ウェストミンスター・アリス（The Westminster Alice）』の表紙。「ヘクター・H. マンロー」（本名）の後に「サキ」の名が併記されている。短編の名手であるサキは、本書が出版される2年前の1900年からこのペンネームを使い始めていた。

# 政治風刺

　20世紀初頭になると、数多くの作家が『アリス』を題材にして混迷の時代を描くようになった。こうした政治風刺は当時の政界の重鎮たちを痛烈に皮肉っていた。

　その先鞭をつけたのが『ウェストミンスター・アリス』だった。『ウェストミンスター・ガゼット』紙に連載されていたこの政治風刺譚は、のちに「サキ」のペンネームで知られることになる、ヘクター・ヒュー・マンローの作品である。

　『ウェストミンスター・アリス』はイギリスの政界、とりわけ、当時南アフリカでおこなわれていた第二次ボーア戦争をめぐる政府の混乱を、アリスという少女の目を通して描いたものだった。アリスは無垢な子どもの立場から、イギリス政府の偽善や怠慢を暴いていく。本書に添えられた48点の挿絵は、政治漫画家のフランシス・カラザーズ・グールドが手がけたものである。

　第二次ボーア戦争へのイギリスの対応を批判したもう一つの風刺小説として、キャロライン・ルイスの『失敗の国のクララ（Clara in Blunderland）』（1902年）が挙げられる。キャロライン・ルイスとは、3人の作家（ハロルド・ベグビー、J. スタフォード・ランサム、M. H. テンプル）の合同ペンネームである。翌年には続編の『失敗の国に迷い込んで（Lost in Blunderland）』が出版されている。本書は当時の新任首相であったアーサー・バルフォアを「失敗の国」の新女王クララとして描いたものだった。クラ

第二次ボーア戦争時の陸軍大臣ランズダウン侯爵（ここでは白の騎士として描かれている）は、その無能さと時代遅れの兵器への依存を揶揄されていた。『ウェストミンスター・アリス』において、白の騎士は性能の劣る銃を持った軍隊を戦地に送り込むことを、次のような言葉で正当化している。「仮にそれらの銃が敵の手に渡ったとしても、まったく使い物にならないから安心だ」

125

ラはこの国に秩序を取り戻そうとして悪戦苦闘を重ねる。これら2冊の挿絵を担当したのは、著者の1人でもあるジャーナリストのJ. スタフォード・ランサムである。

チャールズ・ギークらによる『財政の国のジョン・ブル（John Bull's Adventures in the Fiscal Wonderland）』（1904年）もまた、イギリスの政治を皮肉った風刺小説の一つだ。この作品は、ごく普通の中年イギリス人男性であるジョン・ブルの目を通して自国の経済情勢を見つめたものであり、その過程で大物政治家たちを痛烈に批判している。本書の挿絵は政治漫画家フランシス・カラザーズ・グールドの手によるものである。

こうした諧謔精神はイギリス人だけのものではない。アメリカ人もまた、抜群の政治風刺能力を発揮してきた。作家であり雑誌編集者でもあったジョン・ケンドリック・バングズ（1862 - 1922年）は『アリス・イン・ブランダーランド：虹色の夢（Alice in Blunderland : An Iridescent Dream）』（1907年）を発表している。さまざまな政治問題（高い税金や組織の腐敗など）を皮肉ったこの作品において、アリスは帽子屋や三月ウサギ、白の騎士らによって創設された新たな都市「ブランダーランド（失敗の地）」に迷い込み、公爵夫人が取り仕切っている公営児童館に閉じ込められてしまう。一方、『ニューヨーク・ヘラルド・トリビューン』紙の記者エドワード・ホープは、社会の問題点や偽善を風刺した『喜びの国のアリス（Alice in the Delighted States）』（1928年）を書いている。ここでは、アリスはグラスの足の部分を通って「喜びの国」へと運ばれる。やがてアリスの体は大きくなり始めるが、着ていた服は縮んだままである。こうして彼女は公然わいせつ罪で捕まってしまう。アリスの裁判は、「赤いテープ（red tape）」を体に巻いた裁判官によって執りおこなわれる（英語の"red tape"には「官僚的形式主義」という意味がある）。しかし、途中でセンセーショナルな殺人事件のニュースが飛び込んできたために、裁判は中止になり、アリスは釈放される。本書の挿絵を担当したのは、当時『ニューヨーカー』誌でアートエディターを務めていたレア・アーヴィンだった。

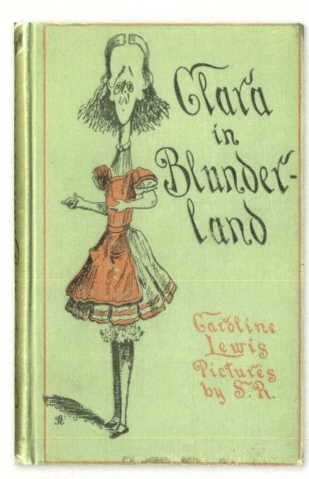

『失敗の国のクララ』の献辞には次のような言葉がある。「深甚なる愛と敬意を込めてルイス・キャロルに捧ぐ。この物語が生まれたのは、ひとえに彼のおかげである。同様に、本書のイラストレーターは、ジョン・テニエル卿の挿絵から多大なる恩恵を受けている」

# お勉強の国の
## アリス

　ルイス・キャロル自身は、『アリス』はあくまで娯楽的な物語であり、教訓を含んだものであってはならないと主張していた。一方、キャロルの作品の翻案を手がけた者の中には、これとはまったく違った考え方の持ち主がいた。オードリー・メイヒュー・アレン著『文法の国のグラディス（Gladys in Grammarland）』（1897年頃）では、主人公のグラディスのもとに「動詞の妖精」が遣わされてくる。英文法が書かれたボール紙のドアを通って「文法の国」へ入ったグラディスは、やがて裁判にかけられ、間違った文法を使ったために刑務所に入れられてしまう。

　A. L. バート社の「1音節（One Syllable Books）」シリーズの1冊として出版された『1音節の単語による「不思議の国のアリス」（Alice's Adventures in Wonderland Retold in Words of One Syllable）』（1905年）は、キャロルの小説を初学者のためにやさしく書き直したものである。著者のJ. C. ゴーハム夫人は、主に1音節の単語を使って不思議の国の冒険を物語っている。

　アメリカの作曲家アーネスト・ラ・プラダは、子どもたちにオーケストラ音楽の楽しさを教えるために『オーケストラリアのアリス（Alice in Orchestralia）』（1925年）という本を書いた。この小説ではアリスはチューバの中を通って「オーケストラリア」という国に迷い込む。そこではコントラバスが案内役を務め、アニメ化された他の楽器たちを一つずつ紹介してくれる。

　上記の本はすべて1925年以前に書かれたものだが、なかには比較的近年の作品もある。1995年には、ロバート・ギルモアの『量子の国のアリス──量子力学をめぐる不思議な物語！』が出版されている。ギルモア版のアリスは、ウサギ穴ではなく、テレビの中を通って「量子の国」（原子よりも小さな世界）に入っていく。彼女はそこで、「不確定会計係」や「クォークの三兄弟」といった風変わりなキャラクターから、電子や不確定性原理などについて学ぶことになる。

キャロル本人とは違って、『アリス』の翻案を手がけた著者の多くは、読者を教育しようと努めていた。

フランシス・ブルームフィールドが描いたトゥイードルディーとトゥイードルダム。

### アリスの新たな冒険 (New Adventures of Alice)
作・画：ジョン・レイ／P. F. ヴォランド社／1917年

　ジョン・レイ（1882-1963年）の『アリスの新たな冒険』の冒頭を飾るのは、『鏡の国のアリス』の最後の2文である。主人公ベッツィとその弟は、お気に入りの本を母親に読んでもらっている。母親が本を読み終えると、ベッツィはため息をつき、「ああ、このおはなしに続きがあったらいいのに」とつぶやく。そして母親にこう尋ねる。「ねえママ、アリスの本は他にないの？」

　大好きな作家が手がけた未知の作品を発見することはあらゆる読書人の夢である。ベッツィはその日の夜更けに夢をかなえることになる。彼女は屋根裏部屋を引っかき回しているうちに、さまざまな物語の「未知の続編」を発見する。そして『続・ロビンソン・クルーソー』や『続・グリム童話』といった本の山の中から、念願の『続・不思議の国のアリス』を見つけ出す。ベッツィはさっそくその本を読み始める。冒頭の場面で、アリスは芝生の上に寝転がり、子猫たちに向かってマザーグースの詩「鐘が鳴る（Ding Dong Bell, Pussy's in the Well）」を朗読している。やがてアリスはコール老王をはじめとするマザーグースのキャラクターたちと出会い、冒険を繰り広げていく。またその道中で、彼女は印刷職人や詩人、芸術家などにも遭遇する。

　ジョン・レイ自身が手がけた白黒やフルカラーの挿絵はハワード・パイルの作品を彷彿とさせる。『ニューヨーク・タイムズ』紙によって「近代イラストレーションの父」の称号を与えられたハワード・パイルは、ジョン・レイの恩師でもあった。

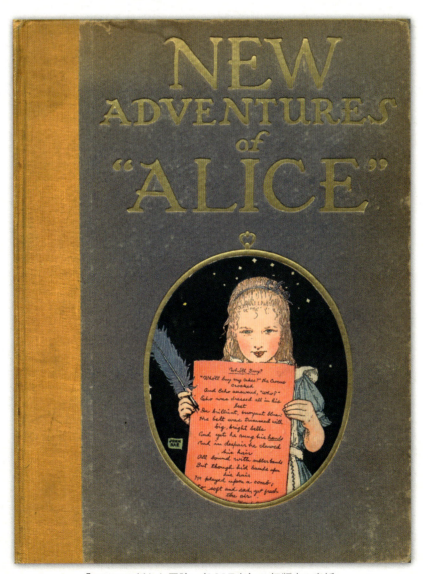

『アリスの新たな冒険』（1917年）の初版本の表紙。

129

## ドロシー・ゲイルのモデルはアリスだった？

　「オズシリーズ」の1作目『オズの魔法使い』(1900年)を書いたとき、L. フランク・ボームはある物語の影響を強く受けていた。それは少女が奇妙な夢の中に迷い込み、そこで数々の不思議なキャラクターたちと出会い、困難をくぐり抜けていく物語である。ドロシー・ゲイルのモデルがアリスであったことの証拠の一つとされるのが、ボームが1909年に書いた「現代のおとぎ話 (Modern Fairy Tales)」というタイトルの記事だ。その中で彼はキャロルを称賛し、『不思議の国のアリス』を「あらゆる現代のおとぎ話の中でおそらく最も有名な、第一級の作品」と評している。さらにボームは、アリスをハンス・クリスチャン・アンデルセンの作品の主人公たちと比較し、こう語っていた。「アリスが人々の心をとらえることができたのは、彼女が『本物の子ども』だったからだ。そのおかげであらゆる子どもがアリスの冒険に感情移入できたのである」

　アリスとドロシーに共通する特徴として、2人が当時のごく普通の子どもとして描かれていた点が挙げられる。彼女たちは無秩序な世界における唯一の「まともな人間」なのだ。とはいえ、ドロシーが明らかにオズの国の住人に愛着を感じているのに対して、アリスは不思議の国の住人に一切関心を持たないばかりか、彼らの多くを苦手としているように見える。

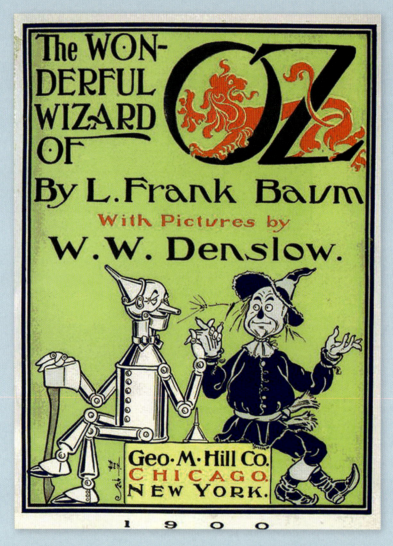

　ボームはドロシーの年齢について一度も触れたことがない。シリーズ1作目である『オズの魔法使い』の挿絵を手がけたW. W. デンスロウは、彼女を6〜7歳の女の子として描いている。一方、2作目以降のイラストレーターであるジョン・R. ニールが描いたドロシーは、10〜11歳の少女に見える。さらに映画『オズの魔法使』(1939年)では、当時17歳のジュディ・ガーランドが、12歳のドロシー役を演じている。

"You ought to be ashamed of yourself!"

ハリー・トランボアの手による下絵。『未来少女アリス』（上・右下）および『スターレック（Star Wreck）』（左下）のために描かれたもの。

## 針穴の国のアリス：アリスのさらなる冒険

(Alice Through the Needle's Eye: The Further Adventures of Lewis Carroll's Alice)
作：ギルバート・アデア／E. P. ダットン社／1984年

　ギルバート・アデア（1944 - 2011年）は、多くの才能を持ったスコットランド人作家だった。『ラブ＆デス』などの小説で知られるアデアは、ジョルジュ・ペレックの小説『煙滅』を英語に翻訳した人物としても有名である。驚嘆すべきことに、この翻訳書には原作と同様にアルファベットの「e」の文字が一つも使われていない。こうした言葉遊びに対する偏愛は、彼の初期の作品である本書にも顕著に表れている。アデアの『針穴の国のアリス』はキャロルへの敬意に満ちた作品である。彼は原作のシュールな作風を取り入れながら、「アルファベットの国」に迷い込んだアリスの愉快な冒険を描いている。彼女はアルファベット順に歩を進めていくうちに、しっぽが一つにつながったピン＆ポンという名のシャム猫や、マザーグースで有名なジャックとジル、おなじみの赤の女王や白の女王といったキャラクターと出会う。そして原作と同様に、物語のラストでアリスは眠りから覚め、すべてが夢だったことに気づく。

## 未来少女アリス

作：ジェフ・ヌーン／ダブルデイ社／1996年

　『未来少女アリス』は、『不思議の国のアリス』『鏡の国のアリス』に続く3作目としてルイス・キャロル自身が生み出した作品、という設定で書かれていた。暗黒の未来社会を描いたこのファンタジーは、実際にはイギリスのサイバーパンクSF作家ジェフ・ヌーンの作品である。とはいえ、彼は次のような不思議な体験を告白している。「原稿を書いていると、ルイス・キャロルが肩越しにこっちをのぞき込んでくるんだ。彼はずっとそこにいて、間違いを指摘したり、アイデアを出してきたりするんだよ……気味が悪かったね！」

　ここでは、アリスは大叔母アーミントルードの古時計に飛び込んだ拍子に、ビクトリア時代のマンチェスターから1998年の未来へと飛ばされてしまう。彼女がやってきたのは、「人間と動物の混血種」が暮らす奇妙な世界だった（例えばキャプテン・ラムシャックルは人間とアナグマの混血

種である）。才気煥発なアリスは、周りの状況を理解しようとする一方で、大叔母アーミントルードのオウム「ホイッパーウィル」の捜索に乗り出す。そもそも彼女が未来にやってきたのは、鳥籠から逃げたホイッパーウィルを追って古時計に飛び込んだことがきっかけだったのだ。やがて彼女は「ジグソーパズル殺人事件」の容疑者となってしまう（犠牲者の体はジグソーパズルのようにバラバラにされた後、組み立て直されていた）。アリスは「スリア」という名の自動人形（原題の『Automated Alice〔自動人形アリス〕』はこの人形を指している）の助けを借りながら殺人事件を解決し、無事19世紀のマンチェスターへ帰っていく。しかし、その後アリスは、自分の手足が機械でできているような違和感を覚え始める。あるいは過去に戻ってきたのは本物のアリスではなく、自動人形のほうだったのだろうか？

　1994年に処女作『ヴァート』でアーサー・C. クラーク賞（イギリスで最も権威あるSF文学賞）を受賞しているヌーンは、キャロルの空想の世界を題材にして、大いに遊び心を発揮している。彼は駄じゃれや言葉遊びを散りばめながら、全12章にわたってアリスの冒険をつぶさに語っていく（これらの章立ても原作を意識したものである）。また、ハリー・トランボアの白黒のペン画は、この作品をよりディテールに富んだ楽しいものにしている。

## 忘れ得ぬ君 (Still She Haunts Me)

作：ケイティ・ロイフェ／ダイアル・プレス社／2001年

　フェミニスト作家アン・ロイフェの娘でノンフィクションライターのケイティ・ロイフェは、自らの最初で最後の小説『忘れ得ぬ君』のテーマとして、「ルイス・キャロルとアリス・リデルの関係」を選んだ。物語はキャロルがローリーナ・リデル（アリスの母親）からの手紙を受け取る場面で始まる。そこに書かれていたのは「私たち家族と一緒に過ごすのはもうやめてほしい」という言葉だった。キャロルとリデル家が1863年を境に不和になったのは事実である（アリスは当時11歳になっていた）。ロイフェはキャロルとリデル家の断絶を通して、キャロルが幼いアリスに対して抱いていた感情や、彼の内なる葛藤をあぶり出そうとする。キャロルが小児性愛者かどうかという核心的な問題については、はっきりと語られることはなく、含みをもたせた形で物語は終わっている。

# コミック/グラフィックノベル/ノベルティブック

**アリス・イン・サンダーランド：エンターテインメント** (Alice in Sunderland: An Entertainment)
作・画：ブライアン・タルボット／ジョナサンケープ社（英）、ダークホースコミックス社（米）／2007年

　ブライアン・タルボットの意欲的なグラフィックノベルの大作『アリス・イン・サンダーランド』は、イギリス北東部の都市サンダーランドへのラブレターとして書かれたものである。タルボットの主張によれば、キャロルはこの街からインスピレーションを得て『不思議の国のアリス』を生み出したのだという。その証拠の一つとして挙げられているのが、キャロルがサンダーランド博物館でセイウチの剥製に出会っていたという事実である（キャロルはこのとき初めてセイウチという生き物を見たらしい）。

　タルボットは何世紀にもわたるイギリスの歴史を紐解きながら、サンダーランドの年代記とキャロル作品の創造過程を連動させていく。このグラフィックノベルの語り部はタルボット自身である。物語の冒頭で、タルボットはサンダーランド帝国劇場のパフォーマーとして、たった1人の観客（退屈そうな労働者階級の男）のために舞台に立っている。彼は舞台の上からサンダーランドの歴史を語り始める。それは6億年前から始まり、現代まで続く壮大な物語である。しかし、タルボットは単に出来事を時系列的に並べるのではなく、時空を自由に行き来しながら、軽業師のような器用さで複数のストーリーを同時に進めていく。さらに彼は、ペン画に加えて、水彩画や写真、コラージュなどを大胆に取り入れ、誌面から飛び出してきそうなビジュアルを作り上げている。

　コミック情報サイト「コミックス・アライアンス」のインタビューによれば、タルボットは1990年代にサンダーランドに移住して初めて、ルイス・キャロルが（さらにはアリス・リデルまでもが）この地域と深いつながりを持っており、不思議の国のルーツの大部分がサンダーランドにあることを知ったのだという。4～5年の歳月をかけて生み出されたタルボットのこの代表作は、2007年に発表されると同時に批評家の絶賛を浴びた。コミック・クリエイターで編集者のダニー・フィンガロスはこの作品を「史上屈指のグラフィックノベル」と評している。

右ページ：タルボットはE. T. リードの風刺画「テニエルのアリスに勝るものなし」を大きく掲げ、テニエルが他のイラストレーターを完全に凌駕していることを知らしめている。

Hatters often suffered brain damage caused by skin contact or inhalation of mercury, once used in the hat-making industry — a condition now known as *Mad Hatters' Syndrome*.

Tenniel remains *the* illustrator we associate with *Alice*, despite the hundreds of reinterpretations since the floodgates open on the lapse of copyright in 1907.

From the excellent Arthur Rackham to the delightfully idiosyncratic Mervyn Peake...

...from wacky Salvador Dali and whimsical Tove Jansson to visceral Ralph Steadman...

...thousands of changing images reinventing *Alice* each year in every passing style...

...yet Tenniel's vision reigns supreme, as prophesied in this 1907 *Punch* cartoon by ETReed.

Tenniel's *Alice* asks "Who are these funny little people?"

The Hatter replies "Your Majesty, they are your imitators."

135

TM and © DC Comics

## 『バットマン』と不思議の国の住人

　アメリカの出版社 DC コミックスのクリエイターたちは、悪役を創造するにあたって、しばしば『アリス』の世界からインスピレーションを得ていた。『アリス』から生まれた悪役キャラクターの先駆けであり、かつ最も息の長い活躍を見せているのが、マッドハッターだ。ボブ・ケインとビル・フィンガー（バットマンの生みの親の 2 人）が作り出したマッドハッターというキャラクターの正体は、『不思議の国のアリス』に取りつかれたジャービス・テッチという男である。彼は『バットマン』誌第 49 号（1948 年 10 月発行）で初登場を果たしている。このエピソードにおいて、テッチはゴッサム・ヨットクラブのメンバーに強盗を働こうとするが、バットマンによって撃退されてしまう。マインドコントロールを可能にする装置を開発した電子工学の天才であるテッチは、やがて精神に異常のある犯罪者のための病院に収容される。この病院はもはや隔離するのに安全な場所とは言えないだろう。なぜならテッチは定期的に脱走を繰り返し、大混乱を引き起こすからだ。

　以後数十年にわたって、テッチは徐々に邪悪さを増していく。その忌まわしい計略の中には、サブリミナル・メッセージを使ってブロンドの髪の少女ばかりを誘拐し、奴隷として売り飛ばすというものもあった。彼の外見もまた変貌を遂げたが、トレードマークの帽子だけは変わっていない。一方、その身長や髪の色はたびたび変化している。現在の彼は赤毛であり、テニエルのオリジナル挿絵と同様に、大きな頭と出っ歯という特徴を持っている。

　ダンフリーとディーヴァー・トゥイード（通称トゥイードルディーとトゥイードルダム）は、双子ではなく従兄弟だが、互いに瓜二つである。犯罪組織のリーダーを務めるこの 2 人組が初めてバットマンとロビンに出会ったのは、ゴッサム・シティで連続強盗事件を働いているときのことだった。『ディテクティブ・コミックス』誌第 841 号では、この 2 人組がマッドハッターに（彼自身が開発した装置を使って）マインドコントロールをかけ、ワンダーランド・ギャングのリーダーに仕立て上げようとする。当然ながら、裏で糸を引いているのは彼らのほうである。

　ワンダーランド・ギャングのメンバーには、「セイウチと大工」、「ライオンとユニコーン」、「マッドハッターと三月ウサギ」といった、『アリス』でおなじみのコンビが名前を連ねている。

TM and © DC Comics

右：DC コミックスの悪役、マッドハッター（本名：ジャービス・テッチ）は、『不思議の国のアリス』に取りつかれた男である。

左ページ：『ディテクティブ・コミックス』誌 841 号の表紙。ダンフリー＆ディーヴァー・トゥイード（通称トゥイードルディーとトゥイードルダム）、マッドハッター、バットマンなどがフィーチャーされている。

## リサ・コミックス:リサ・イン・ワードランド (Lisa Comics: Lisa in Wordland! #1)

ボンゴ・コミックス・グループ／1995年

　ザ・シンプソンズのコミック本の中で、1冊まるごとバートの妹リサに捧げられた唯一の作品である『リサ・イン・ワードランド』は、キャロルの原作の痛快なパロディになっている。ある日、シンプソン家の飼い猫スノーボールが、本棚からマーティン・ガードナーの『注釈版アリス』を叩き落としてしまう。その本は手紙を書いている最中だったリサの頭を直撃し、彼女はたちまち夢の世界へ、いや、どちらかというと「言葉の国」へ送り込まれる。何としても手紙を出したかったリサは、白ウサギ（郵便配達員役のネッド・フランダース）を追って、「言葉の国」じゅうを駆け回ることになる。彼女は難しい単語を連発する新種の恐竜シソーラスに出会ったり、辞書を飲み込んでしまった言語マニアの男の家に行ったり、人々が回文で喋っている地区を訪ねたりする。マッドハッター（サイドショー・ボブ）とともに出席したお茶会で、アルファベットの「T」（ティー）を飲むことを拒んだ後、リサは「クロスワードの国」を通る羽目になる。最後の訪問先である「ゲームの国」では、スクラブルの大会がおこなわれている。ここでは巨大な盤上にアルファベットが記された「タイル人間」を並べることでゲームが進行していく。「I」の文字が書かれたタイル人間（バーンズ社長）はハートの女王のパロディであり、この男は独裁者として「ゲームの国」に君臨している。キャロルの原作と同様に、リサが「あんたたちなんて、ただのタイルじゃない！」と叫んでゲーム盤をひっくり返し、タイルをまき散らした瞬間に、彼女は元の世界に戻ることになる。本書は、ウィットに富んだ楽しいコミック本だ。

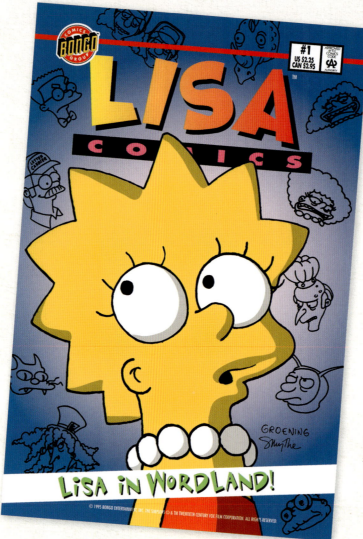

『リサ・コミックス』の最初で最後の号となったこのコミック本には言葉遊びが満載されている。

Reprinted from *Lisa Comics #1: Lisa in Wordland*. © 1995 Bongo Entertainment, Inc. The Simpsons TM & © Twentieth Century Fox Film Corporation. All Rights Reserved.

## アリスの国の不思議なお料理
作：ジョン・フィッシャー／クラークソン・N. ポッター社／1976年

『アリスの国の不思議なお料理』は、鏡の国のケーキや、ハートの女王さまのジャムタルト、"コショウはもうたくさん"スープといった、『アリス』にちなんだレシピを集めたものである。各レシピには、それらの料理の元になった文章が添えられている。テニエルの挿絵に彩られた本書には、2つのキャロルの小品も収録されていた。自身の講演を文章に書き起こした「精神の栄養学」と、ユニークなマナー論「エチケットのためのヒント」である。後者は1885年に発表されたものであり、9つのルールから成り立っていた。その中には、以下のような賢明なアドバイスが含まれている。

「ダイニングルームに赴く際には、紳士はエスコートしている淑女に片手を差し伸べなければならない。両手を差し伸べるのは尋常ではない」

「鹿肉の煮込みの付け合わせにアーティチョークのゼリー寄せを所望するのはマナー違反ではない。ただし、あらゆる家庭でこうした料理が供せられるとは限らない」

「原則として、向かい合わせに座っている面識のない紳士の足を、（いたずら半分に）テーブルの下で蹴ってはならない。この種のいたずらは誤解されてしまう可能性があるからだ。そうした状況は常に気まずいものである」

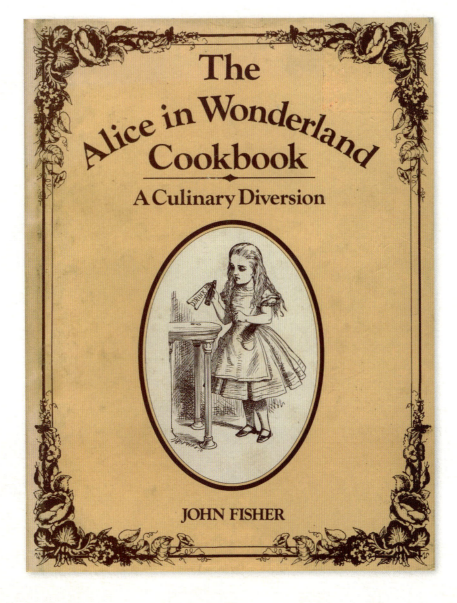

『カーカス・レビュー』誌の書評によれば、「これらの料理は概して風味豊かで美味しい上に、きわめてイギリス的なものである」という。

# 子ども向けの本

　『アリス』は当初、完全に子ども向けの本と見なされていたが、1920～1930年代には、大人のための書物として扱われることが多くなってきた。文学者やフロイト主義者、アカデミックな研究者たちがこの本を取り上げ、教養ある成人読者に向かって意見を投げかけるようになったのである。同時に、今日のポップカルチャーにおいて『アリス』の登場キャラクターは、往々にして暗く、邪悪な存在として描かれており、ときにはセクシュアルな存在として扱われることすらある。

　もちろん、だからといって子どもにとっての『アリス』の魅力が失われたわけではない。確かに今日の若者にとっては、キャロルの原作よりもディズニーのアリスのほうがなじみ深いかもしれない。しかし、子ども向けのアリス本は、現在もなお出版され続けているのである。

　「名作に触れるのに幼すぎるということはない」という信念のもとに、ベイビーリット社は数多くの名著を幼児向けの絵本に改作してきた。『不思議の国のアリス：色の絵本（Alice in Wonderland: A BabyLit Colors Primer）』は同シリーズの中の1冊である。ジェニファー・アダムスの文とアリソン・オリヴァーのイラストによるこの本は、幼児に色の名前を教えるという趣旨で書かれており、そのラインナップは「白」ウサギから始まり、「黄色」のティーポットで終わっている。

　ニック・デンチフィールドの『アリスのポップアップ・ワンダーランド（Alice's Pop-up Wonderland）』（2000年）や、J. オットー・シーボルドの『不思議の国のアリス（Alice's Adventures in Wonderland）』（2003年）など、「飛び出す絵本」はいくつも存在するものの、その中でも決定版と言えるのが、熟練のペーパーエンジニアであるロバート・サブダが2003年に発売した『不思議の国のアリス（とびだししかけえほん）』だろう。これはもはや本というよりも立派なおもちゃである。そのダイナミックな6つの見開きの一つひとつに、3次元的な凝った仕掛けが施されている。また、それぞれの見開きにはストーリーが書かれた小さな絵本が貼り付けられており、それをめくるとさらに絵が飛び出してくる。

　子ども向けにやさしく書き直された本文は、キャロルの原作の雰囲気をうまく伝えている。また、フルカラーのイラストは、テニエルの白黒の挿絵への敬意を感じさせるものである。

　ウーピー・ゴールドバーグはニック・ウィリング監督のテレビ版『不思議の国のアリス』（1999年）でチェシャ猫を演じている（92ページを参照）。したがって、その7年前に出版された彼女の最初の絵本『アリス（Alice）』（1992年）の中で、黒人のアリスが都会で冒険を繰り広げていたとしても、驚くにはあたらないかもしれない。ここでは、

左ページ：サブダの飛び出す絵本の最初の見開きページ。アリスがウサギ穴に転がり落ちる前のシーンを描いている。チェシャ猫の顔が浮かび上がっている木も見える。

下：『不思議の国のアリス：色の絵本』の表紙。

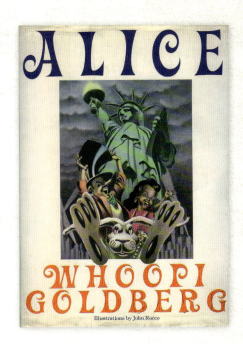

ウーピー・ゴールドバーグ作
『アリス』の表紙。

サブダの飛び出す絵本の見開きページ。
アリスが白ウサギの家から出られなく
なっている。

上：サブダの飛び出す絵本の最後の見開きページ。舞い上がったトランプがアリスに襲いかかる。
右ページ：長年の間に発行されてきたさまざまなアリス本の表紙。

アリスはバスに乗ってニュージャージーからマンハッタンのダウンタウンまで旅をする。旅の目的は宝くじの賞金を受け取りに行くことである。彼女はそのお金さえあればすべての夢がかなうと信じている。アリスの旅のお供を務めるのは、帽子をこよなく愛するロビンと、目に見えない透明な白ウサギだ。

2004年、ファストフード・チェーンのチックフィレイは、お子様セットの景品として名作童話の絵本を配布することになった。そのうちの1冊が子ども向けにやさしく書き直された『不思議の国のアリス』（作：メアリー・ウェーバー、画：イシドレ・モネス）だった。教訓とは無縁のキャロルの原作とは違って、チックフィレイ版は「秩序の大切さを教えてくれる物語」と銘打たれている。子どもたちに道徳的価値観を身につけさせることを目指していた出版社側は、原作を健全な物語に修正すべきだと判断した。変更点の多くはささいなものである。アリスは「キノコ」ではなく「チーズ」を食べ、マッド・ティーパーティーでは「ワイン」ではなく、「レモネード」を勧められる。さらに、眠りネズミをティーポットに押し込む場面もカットされている。また、おなじみのハートの女王の『首をはねよ』という言葉は、『牢屋に入れよ』という無難なセリフに置き換えられている。

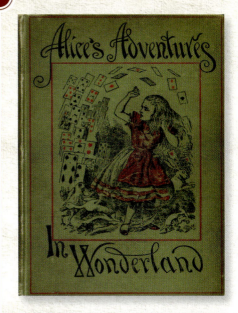
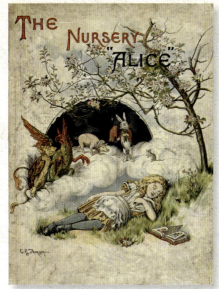
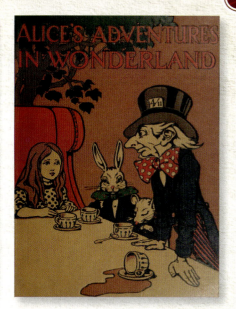

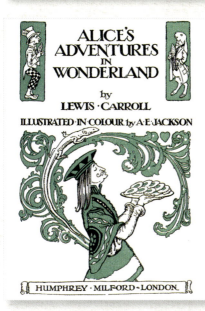
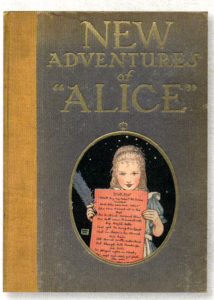

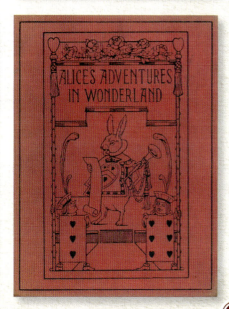

「ルーシー・イン・ザ・スカイ・ウィズ・ダイアモンズ」がドラッグソングかどうかはともかく、右ページのジョン・レノンの発言には誤りがある。このボートの場面が出てくるのは『不思議の国のアリス』ではなく、『鏡の国のアリス』の一節（「羊毛と水」）においてである。

# アリスから生まれた音楽

「悲しいんだね」騎士(ナイト)は心配そうな声で言いました。
「歌を歌ってなぐさめてあげよう」
──ルイス・キャロル『鏡の国のアリス』

『不思議の国のアリス』や『鏡の国のアリス』には詩を朗読する場面はたくさん出てくるが、歌を歌うシーンはあまり多くない。その数少ない例外として、代用ウミガメが2曲を披露する場面がある。一つは彼がグリフォンと一緒に踊りながらアリスに歌ってみせた「ロブスターのカドリール」であり、もう一つは物悲しい「ウミガメスープ」である。しかしその一方で、キャロルが生み出した曲の少なさを補うかのように、おびただしい数のソングライターがアリスにまつわる曲を発表し続けている。

## アリスにまつわる曲

主人公アリスにスポットを当てた曲の一つとして、ニール・セダカの「不思議の国のアリス」(1963年)が挙げられる。この歌の主人公は恋人に向かってこうささやく。「トゥイードル、ダム、トゥイードル、ディー／君のおかげでおとぎ話のような人生さ／いったい何てことしてくれるんだい／胸がときめいてしまうよ／だって僕はすっかり夢中だから／僕のかわいいアリスに」

もちろん、アリス以外のキャラクターを取り上げた曲が存在しないわけではない。サザン・ロックのバンド、レーナード・スキナードは、アルバム『ビシャス・サイクル』収録の「マッドハッター」という曲を、2001年に亡くなったベーシストのレオン・ウィルクソンに捧げている。また、ボブ・ディランの2001年のアルバム『ラヴ・アンド・セフト』の最初の曲は、「トゥイードルディーとトゥイードルダム」というタイトルの社会風刺を含んだナンバーである(一部の評論家はこの曲を2000年のアメリカ大統領選挙を皮肉った作品と解釈している)。

### ルーシー・イン・ザ・スカイ・ウィズ・ダイアモンズ
ビートルズ／アルバム『サージェント・ペパーズ・ロンリー・ハーツ・クラブ・バンド』収録／作詞・作曲：ジョン・レノン、ポール・マッカートニー／パーロフォン(英)、キャピトル・レコード(米)ほか／1967年

ボートに乗っているところを想像してごらん
タンジェリンの木々の中　マーマレードの空の下で

「ルーシー・イン・ザ・スカイ・ウィズ・ダイアモンズ」は、検閲当局によってドラッグを賛美した曲であると見なされ、イギリスの一部のラジオ局で放送禁止になっている。多くの者が指摘したのは、タイトルの頭文字を並べると「LSD」になるという事実だった。作詞・作曲を主に手がけたとされるジョン・レノンはそうした意見に反論し、この曲のタイトルは4歳の息子ジュリアンが、幼稚園の友人のルーシーを描いた絵がきっかけで生まれたのだと主張した。ある日、ジュリアンはその絵をジョンに見せながら、「ルーシーがダイヤモンドを持って空にいるんだ」と説明したのだという。また、ジョン・レノンによると、この曲の歌詞は『不思議の国のアリス』からヒントを得たもので

あるらしい。1980年の『プレイボーイ』誌のインタビューにおいて、彼はデヴィッド・シェフにこう語っている。「あの曲のイメージは『不思議の国のアリス』から生まれたんだ。アリスがボートに乗っている場面だよ。彼女は卵を買っていて、それがハンプティ・ダンプティに変身しちゃうのさ。店主のおばあさんはいきなり羊になり、次の瞬間には、アリスと羊はどこかの川でボートを漕いでいる。あのシーンを思い浮かべながら書いたんだ」

## アイ・アム・ザ・ウォルラス
ビートルズ／アルバム『マジカル・ミステリー・ツアー』収録／作詞・作曲：ジョン・レノン、ポール・マッカートニー／キャピトル・レコード／1967年

　ジョン・レノンは『マジカル・ミステリー・ツアー』収録のこの名曲を1967年8月に書いている。当時はヒッピームーブメントが最高潮に達していた時期だった。11月24日、「アイ・アム・ザ・ウォルラス」はシングル「ハロー・グッドバイ」のB面としてリリースされた。そのシュールな歌詞は一般大衆を面食らわせるものであり、この曲は当初は不評に終わっている。

　「アイ・アム・ザ・ウォルラス（僕はセイウチ）」というタイトル（およびリフレイン）は、『鏡の国のアリス』でトゥイードルディーとトゥイードルダムが朗読する「セイウチと大工」の詩に由来するものである（本書はレノンの子ども時代の愛読書の一つだった）。『プレイボーイ』誌のインタビューで彼はこう語っている。「あれは僕にとっては美しい詩だ。キャロルが資本主義者や社会制度を批判しているなんて考えたこともなかった。みんながビートルズの歌詞についてやっているみたいに、詩の本当の意味を探ってみたことは一度もなかったんだ。後から「セイウチと大工」の詩を見直して気づいたんだよ。セイウチは悪玉で、大工が善玉だってことにね」

　面白いことに、『鏡の国のアリス』においてこの詩を聞いたアリスは、当初、セイウチが一番好きだと宣言する。なぜなら「セイウチはかわいそうなカキたちに少しは同情したから」である。だがその後、トゥイードルディーが「だけどセイウチは大工よりもたくさんカキを食べたんだよ」と指摘すると、アリスは考え直し、大工のほうが好きだと言い始める。すると今度はトゥイードルダムが「でも大工はこれ以上食べられないってくらいカキを食べたんだから」と言うと、アリスは困ってしまい、最終的には「どちらもとても嫌な人」だという結論に落ち着く。

　『鏡の国のアリス』の影響を受けたと思われるフレーズはこの他にも存在する。「アイ・アム・ザ・ウォルラス」というリフレインの前に、ジョンは「アイ・アム・ジ・エッ

『注釈版アリス』において、マーティン・ガードナーは、「セイウチと大工」が社会風刺的な詩として書かれたという説に疑問を呈している。ガードナーはその根拠として、キャロルがテニエルにこの詩を手渡す際に、セイウチの相棒を「大工」「蝶」「準男爵」の3つから自由に選ぶように言ったというエピソードを挙げている（キャロル自身はどれでもかまわなかったらしい）。最終的にテニエルは「大工」を選ぶことになった。

グマン」と歌っている。これはハンプティ・ダンプティ(『鏡の国のアリス』の登場キャラクター)のことだろうか？あるいはそうかもしれない。しかし、このフレーズはアニマルズのリードシンガー、エリック・バードンを指している可能性もある。彼はバードンを「エッグマン」というあだ名で呼んでいたのである。

### ホワイト・ラビット
ジェファーソン・エアプレイン／アルバム『シュールリアリスティック・ピロー』収録／作詞・作曲：グレイス・スリック／RCAビクター（現・RCAレコード）／1967年

　ロックの殿堂が選ぶ「ロックンロールの歴史500曲」にも名を連ねる「ホワイト・ラビット」は、1966年にグレイス・スリックがわずか1時間で書き上げた曲だった。彼女はその直後にサイケデリック・ロック・バンド、ジェファーソン・エアプレインに加入している。スリック自身のボーカルによるこの曲は1966年11月にレコーディングされ、アルバム『シュールリアリスティック・ピロー』に収録されることになった。そのスペイン風のビートは、マイルス・デイヴィスとギル・エヴァンスの『スケッチ・オブ・スペイン』に影響を受けたものだった。一方、この曲の歌詞は、スリックの「長年抱き続けてきた『アリス』への想い」から生まれたものである。

　キャロル作品への愛の深さとは裏腹に、スリックの歌詞には誤りらしきものが含まれている。この曲の最後には「白の騎士が逆さま言葉を喋り／赤の女王が「首をはねよ」と叫んだら／眠りネズミの言葉を思い出すのよ／頭に食べ物を与えよ、頭に栄養を与えるのだ」という歌詞が出てくる。しかし原作において反逆者の首切りを命じるのは「赤の女王」ではなく「ハートの女王」である。また、「時間を逆さまに生きている」のは白の騎士ではなく、白の女王である。さらに言えば、眠りネズミは「頭に栄養を与えよ」という言葉を一度も口にしたことがない。

　この曲は検閲をなんとか通っているものの、冒頭の「ある薬を飲めば体が大きくなり／別の薬を飲めば小さくなる」というフレーズからいきなりドラッグ体験について触れている。2011年の『ウォール・ストリート・ジャーナル』紙のインタビューで、同曲がドラッグソングなのかどうかを尋ねられた際に、スリックはこう答えている。

「必ずしもそういうわけではないわ。白ウサギは好奇心の象徴なの。アリスは白ウサギが行くところならどこへでもついていく。だけどその先にはドラッグが待ち受けている。この曲はそこから生まれたのよ。でもおとぎ話の本も似たようなものじゃない？『ピーター・パン』では、魔法の粉をかけると空を飛べるようになるし、『オズの魔法使い』では、ケシの花畑で目を覚ますと目の前に美しいエメラルド・シティが広がっている。パパやママは子どもたちに、気分がよくなる薬についてのおはなしを読み聞かせているのよ」

## アルバム

### マッド・ハッター
チック・コリア／ポリドール・レコード／1978年

　このジャズ・フュージョン・アルバムを構成する9つのトラックはすべて『不思議の国のアリス』や『鏡の国のアリス』へのオマージュを含んでいる。「ザ・ウッズ」「トゥィードル・ディー」「ザ・トライアル」「ハンプティ・ダンプティ」「プレリュード・トゥ・フォーリング・アリス」「フォーリング・アリス」「トゥィードル・ダム」「ディア・アリス」「ザ・マッド・ハッター・ラプソディー」というタイトルを見れば、そのことは一目瞭然である。

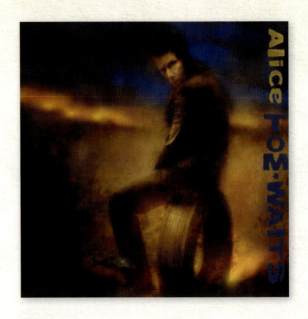

**グッバイ・アリス・イン・ワンダーランド**
ジュエル／アトランティック・レコード、ワーナー・ブラザース・レコード／2006年

**アリス**
トム・ウェイツ／アンタイ・レコード／2002年

2006年、シンガーソングライターのジュエルは『グッバイ・アリス・イン・ワンダーランド』というタイトルの自伝的アルバム（および同タイトルのシングル）をリリースしている。彼女はインタビューでこう語っていたことがある。「『グッバイ・アリス・イン・ワンダーランド』は決しておとぎ話じゃないけれど、とてつもなく奇妙な物語であるのは間違いないわ」。ジュエルは全13曲（ボーナス・トラックを除く）を収録したこのアルバムを、13の章から成る1冊の小説に見立てていた。また、本作のレコーディングは無観客のライブ録音でおこなわれている。『ローリングストーン』誌のインタビューにおいて、彼女は次のように語っていた。「このアルバムは私の人生の物語なの。アラスカで育ち、ホームレスを経験し、『私を飲んで』と書かれた小さな瓶に出会って、キャリアをつかむまでの物語よ」

トム・ウェイツの『アリス』に収録された15曲は、当初はハンブルクのタリア・シアターのミュージカル『アリス』（1992年）のために書き下ろされたものだった。『アリス』というアルバムは、かつて評論家から「幻の名作」と呼ばれていた。なぜなら、トムはこれらの楽曲を一度も正式にレコーディングしたことがなかったからである。2002年になって初めて、『アリス』をきちんとした形でリリースする運びになった。ミュージカル『アリス』はロバート・ウィルソン演出による3部作の2作目で、キャロルとアリス・リデルとの複雑な関係を描いたものだった。

トムが『アリス』（楽曲はすべて妻のキャスリーン・ブレナンとの共作）を世に送り出すまでには、さまざまな紆余曲折があった。1992年当時、トムはすでにこれらの曲のデモテープを作成していた。だがそのオリジナルテープが彼の車から盗まれてしまう。犯人から恐喝されたトムは、相手の要求通りに3000ドルを支払い、なんとかテープを取り戻すが、時すでに遅く、盗まれたテープの音源をもとにした海賊版が出回るようになった。それから何年も経った後に、改めてテープを聴き直したトムは、これらの曲をアルバムとして正式にレコーディングし直すことを決心したのである。

トムによれば、「ウィアー・オール・マッド・ヒア」や「ウォッチ・ハー・ディスアピアー」といったタイトルを持った本作の楽曲は、一つの直線的なストーリーを形成しているわけではなく、それぞれが独立したものだという。

## トム・ペティ/「ドント・カム・アラウンド・ヒア・ノー・モア」ミュージックビデオ (1985年)

　ジェフ・スタイン監督が手がけた「ドント・カム・アラウンド・ヒア・ノー・モア」のミュージックビデオは、MTVビデオ・ミュージック・アウォーズの最優秀特殊効果賞を受賞し、最優秀ビデオ賞にもノミネートされている。『不思議の国のアリス』をテーマにしたこのビデオは、アリス（ウィッシュ・フォーリー）とシタールを弾くイモムシが出会う場面から始まる。イモムシを演じているのは、この曲をトム・ペティと共作したデイヴ・スチュワート（イギリスの2人組ユニット、ユーリズミックスのメンバー）である。やがてアリスは招かれざる客としてマッド・ティーパーティーに参加することになる。邪悪な帽子屋に扮したトム・ペティは、アリスを巨大なティーカップの中に沈めようとする（実際にはこのシーンはティーカップに見せ掛けたプールの中で撮影されている）。ビデオのエンディングで、アリスの体はケーキと化してしまう。彼女はトムやバンドのメンバーが自分の体を貪り食べる様子をおののきながら見つめる。このエンディングはさまざまな物議を醸したため、別バージョンのビデオも撮影されることになった。

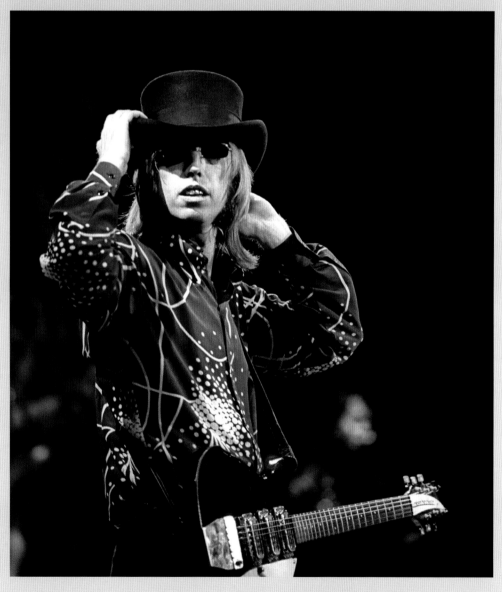

トム・ペティは、このミュージックビデオの中で帽子屋を演じている。

## クラシック音楽のアリス

### 鏡の国のアリス
ディームズ・テイラー／1918 - 1919年

　アーロン・コープランドやジョージ・ガーシュインといったその他の20世紀の作曲家に比べて今日の知名度はさほど高くないものの、全盛期のディームズ・テイラー（1885 - 1966年）は、人々の尊敬を集める著名な作曲家だった。音楽評論家でもあった彼は、オペラやバレエ、合唱曲、室内楽などを大量に生み出した。テイラーのインスピレーションの源はファンタジーにあり、そのオーケストラ組曲には『鏡の国のアリス』をテーマにしたものも存在している。

　テイラーのキャロル作品への愛着は少年期の思い出に根差したものである。彼はこう語る。「私はおとぎ話が大好きで、10歳で初めて読んだときからずっと『不思議の国のアリス』と『鏡の国のアリス』がお気に入りだった」。テイラーは『アリス』に夢中になるあまり、その文章をどれだけ暗唱できるかを友人とゲーム形式で競い合うようになった。彼は言う。「ゲームに興じるうちに、これら作品への理解はますます深まっていった。したがって、本格的なオーケストラ作品を書き始めたとき、『鏡の国のアリス』を真っ先にテーマとして選んだのは、ごく自然なことだった」

　当初、室内楽として書かれ、のちにオーケストラ用に編曲された「鏡の国のアリス」は「アリス・リデルへの献呈詩」「物言う花」「ジャバーウォックの詩」「鏡の国の虫たち」「白の騎士」という5つのパートから構成されていた。

　「鏡の国のアリス」は1919年2月18日、ニューヨークのエオリアン・ホールで、キャロライン・ビービ率いるニューヨーク室内楽協会によって初演された。聴衆の1人であった『トリビューン』紙の著名な音楽評論家はこの作品に賛辞を贈っている。1925年、『ガーディアン』紙のある評論家は、イギリスのリーズ音楽祭で演奏された本作品を次のように評した。「テイラーの音楽は創意をもって巧みにテーマを処理している。あたかも音楽はそのために生まれてきたと言わんばかりに、キャロルの独創的な作品を忠実になぞっているのだ」

### アリス交響曲（1969年）／ファイナル・アリス（1976年）／少女アリス（1980 - 1981年）
デヴィッド・デル・トレディチ

　デヴィッド・デル・トレディチの作品群をざっと見渡しただけでも、このアメリカの作曲家がいかに『アリス』に魅了されていたかがわかるだろう。「アリス交響曲」（1969

テイラーはディズニー映画『ファンタジア』（1940年）の音楽顧問とナレーションを担当している。

年)、「アドベンチャーズ・アンダーグラウンド」(1971年)、「ヴィンテージ・アリス」(1972年)、「ファイナル・アリス」(1976年)、「少女アリス」(1980-1981年)といった一連の「アリス・シリーズ」は、彼の作品のかなりの部分を占めている。デル・トレディチは言う。「ルイス・キャロルに夢中になりすぎて、彼の書いたものなら何でも曲をつけたいと思うくらいなんだ。それこそ、『やることリスト』に至るまでね！」

デル・トレディチが本格的な活動を開始した1960年代当時、クラシック界では無調音楽が隆盛を極めていたが、彼の作品は徐々にそうした不協和音主体の音楽から遠ざかっていった。代表作の「ファイナル・アリス」（ちなみに「アリス・シリーズ」の最後の作品ではない！）が演奏される頃には、デル・トレディチはよりみずみずしく、美しいメロディーを持った音楽を志向するようになっていた。「ファイナル・アリス」は、以前の作品と同様に、キャロルの原作の内容をテーマにしている。一方、（ソプラノと管弦楽のための）「少女アリス」は、キャロル自身や、彼がこの作品を書くに至った経緯にスポットを当てたものである。本作の歌詞は『不思議の国のアリス』と『鏡の国のアリス』の巻頭詩に由来しており、それぞれの詩は子ども（アリス）と大人（キャロル）の2つの視点から見つめ直されている。「少女アリス」の第1部「夏の日の思い出」は1980年にピューリッツァー賞を受賞している。本作とオペラ『ダム・ディー・トゥイードル』(1991-1992年)の発表を最後に、デル・トレディチは「アリス・シリーズ」にようやくピリオドを打ち、「蜘蛛と蠅」をはじめとする新たなテーマの作品に積極的に取り組み始めた。1998年の『ニューヨーク・タイムズ』のインタビューで、彼はこう告白している。「『アリスもの』以外の曲を書くのが怖くなった時期もあった。彼女の魅力にすっかり憑りつかれた僕は、『アリス』のテキストなしには曲を書けないんじゃないかと思ったんだ」

『トレジャー』誌に掲載されたフィリップ・メンドーサによるイラスト（1966-1967年）。

# 第8章
## アリスにまつわるゲームやおもちゃ

「カラスと書き物机が似ているのはなぜか？」
——ルイス・キャロル、『不思議の国のアリス』

**次**から次へと飛び出す駄じゃれから、物語の骨組みを成すゲームにいたるまで、『アリス』には遊び心が満ち溢れている。『不思議の国のアリス』では、「クロッケー」と「トランプ」が前面に押し出されており、アリスは不思議の国をさまよいながら、その奇妙なルール（あるいはルールの欠如）を学んでいく。一方、『鏡の国のアリス』では「チェス」が主要な題材になっている。歩兵（ポーン）からスタートしたアリスは、チェスのルールに従って女王（クイーン）を目指さなければならない。『アリス』が出版されるやいなや、それに関連したゲームが出現し始めたのは、これらの作品が本質的にゲームや遊びの要素を持った本であることを考えれば、きわめて当然だと言える。最も初期に登場したのはカードゲームであり、1882年に最初の商品が発売されている。ほどなくして、ボードゲームやチェスセットといったゲームも次々に現れ始めた。こうした流れは、現代のPCゲームやアプリにまで続いている。

# ルイス・キャロルの遊び心

　頭の体操や言葉遊びが大好きだったキャロルは、自ら進んで数理パズルやなぞなぞを作り、自分自身や周りの人々を楽しませていた。1870 年、児童雑誌『アント・ジュディズ』に、キャロルの生み出した7つのなぞなぞが掲載された。それらはもともと幼い友人たちを喜ばせるために作ったものだった。例えば、彼はメアリー・ワトソンのために次のようななぞなぞを作成している。

Dreaming of apples on a wall,
And dreaming often, dear,
I dreamed that, if I counted all,
──How many would appear?

壁のリンゴが夢に出てくる
しょっちゅう出てくるんだ
夢の中のリンゴを全部数えたら
いったいいくつになるかな？

　降参だろうか？　答えは 10 個である。なぜなら、often を of-ten と読み替えれば「dreaming of ten (apples)」（10 個のリンゴの夢を見た）になるからだ。
　1880 年代にキャロルは数理パズルを織り交ぜた短編を 10 本ほど書いている。これらのストーリーパズルは当初、『マンスリー・パケット』誌上で発表されていた。各パズルは解答つきではなく、キャロルは毎月読者から解答を募っていた。そして後の号において、読者から送られてきた解答に（ときとして辛口な）コメントを加えつつ、正解を発表していったのである。1885 年、キャロルはこれら

のストーリーパズルをまとめた『もつれっ話』という作品（アーサー・フロストによる挿絵つき）を出版している。
　数理パズルに加えて、キャロルはアクロスティック（各行の最初の文字をつなげるとある言葉になる詩）を好んでおり、こうした言葉遊びを含んだ詩（たいていは人名が織り込まれたもの）をよく作っていた。『鏡の国のアリス』にはその優れた見本が収録されている。巻末詩「晴れた夏空の下のボート」（『アリス』を生むきっかけとなった、あの夏の日のボート遊びを回想したもの）の、各行の最初の文字をつなげると、「アリス・プレザンス・リデル」という名前が浮かび上がってくるのである。
　キャロルの遊び心のさらなる証拠として、彼が「ダブレット（Doublets）」というワードパズルの考案者であったという事実が挙げられる。キャロルは 1879 年に『ヴァニティ・フェア』誌でこのパズルの連載をおこなっていた。ダブレットはビクトリア時代の人々の心をとらえ、ロンドンで大ブームとなった。このパズルは今日では「ことばの梯子」という名で親しまれている。ゲームのルールは簡単だ。ある単語から出発して、文字を 1 字ずつ変えていくことによって、同じ文字数の別の単語を作り出すのである。途中の文字列も、きちんとした単語になっていなければならない。キャロルが『ヴァニティ・フェア』誌に発表した最初のダブレットは「HEAD（頭）を TAIL（尾）に変えよ」というものだった。その解答例は、
HEAD（頭）──HEAL（癒す）──TEAL（小鴨）──TELL（言う）──TALL（高い）──TAIL（尾）
である。

右ページ：1899 年に発売されたトーマス・デ・ラ・ルー社のカードゲーム（159 ページを参照）。

## 帽子屋のなぞなぞの答え

「カラスと書き物机が似ているのはなぜか？（Why is a raven like a writing desk?）」これはマッド・ティーパーティーで帽子屋が出したなぞなぞである。しかし、アリスが「答えは何？」と聞いても、彼は「さっぱりわからない」と言うだけだ。この返答に納得がいかない読者たちは、キャロルに正解を教えてくれとせがんだ。1896 年版の『不思議の国のアリス』の序文において、彼はそれがもともと「答えのないなぞなぞ」であったと告げる一方で、次のような「適切な解答」を提供している。「なぜなら、どちらも notes（鳴き声／覚え書き）を出せるが、それらはとても flat（単調／退屈）だからである。そして、どちらも前後を取り違えることは決してない！」（"Because it can produce few notes, tho they are very flat ; and it is never put with the wrong end in front!"）」この解答の前半は確かに筋が通っていたが、後半部分はピンとこないものだったため、引き続き人々を悩ませることになった。

1976 年になってようやくその謎が解明された。北米ルイス・キャロル協会の刊行物『ジャバーウォッキー』において、デニス・クラッチという人物が、キャロルの解答文に「誤植」があったことを指摘したのである。後半部分の「どちらも前後を取り違えることは決してない（it is never put with the wrong end in front）」の never は、本来は nevar（raven〔カラス〕の逆さ読み）と綴られていたのだった。おそらく編集者は nevar をスペルミスと思い込み、（ワープロソフトのオートコレクト機能のように）勝手に修正したのだろうとクラッチは推測している。

# カードゲーム

『不思議の国のアリス』のラストで、ハートのジャックの裁判に出廷していたアリスは、「首をはねよ！」と叫ぶ女王に向かって、蔑みの言葉を言い放つ。「何よ。あんたたちなんて、ただのトランプじゃない！」すると、トランプカードはいっせいに空中に舞い上がり、アリスに襲いかかってくる。「トランプ」がこの作品の重要なモチーフであることをふまえれば、『不思議の国のアリス』から生まれた最初のゲームがカードゲームであったのはきわめて自然だと言える。1882年に発売された『ザ・ゲーム・オブ・アリス・イン・ワンダーランド』は、テニエルの挿絵をあしらった52枚のカードで構成されていた。カードは絵の描かれたものと、数字だけが書かれたものに分かれており、前者のカードが32枚（1組16枚×2）、後者のカードが20枚という内訳だった。セルチョウ＆ライター社が制作したこのゲームは2～6人で遊ぶことができる。札が配られた後、プレーヤーはカードの序列に従って、互いの札を取り合っていく。最終的に一番多くのカードを取った者が勝者となる。

19世紀末にはさまざまな『アリス』のカードゲームが出現した。1895年にはパーカー・ブラザーズ社が『ワンダーランド』を出し、1898年にはマクローリン・ブラザーズ社から『アリス・イン・ワンダーランド』が発売された。さらに1899年には、トーマス・デ・ラ・ルー社の『ザ・ニュー・アンド・ディヴァーティング・ゲーム・オブ・アリス・イン・ワンダーランド』が登場している。

1930年、カレーラス・タバコ・カンパニーは販売促進の一環として、タバコ1箱につき1枚ずつ、『不思議の国のアリスカード』を配布し始めた。1セット48枚のカードをすべて集めさせるのが狙いだった。しかし、一つだけ難点があった。そのカードゲームのやり方を知るためには、専用のルールブックを買わなければならなかったのである。

ディズニー映画『ふしぎの国のアリス』（1951年）公開の1年後、キャステル・ブラザーズ社はディズニーの絵柄を使ったカードゲーム『アリス』（プレーヤーの人数：2～6人）を発売した。各カードの左上にはA～Hの8つのアルファベットのうちの一つが書かれており、プレーヤーの目標は同じアルファベットのカードを集めていくことにあった。

左：トーマス・デ・ラ・ルー社のカードゲームの箱。E. ガートルード・トムソンのイラストが描かれている。
右：1930年にカレーラス・タバコ・カンパニーが配布していたアリスのカード。

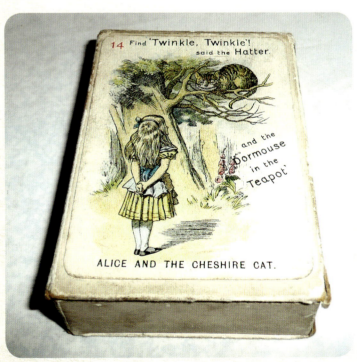

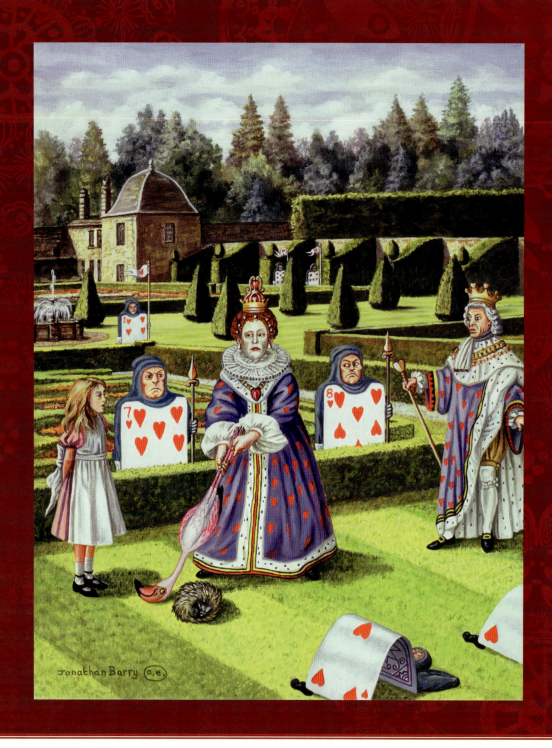

## キャロルとクロッケー

　クロッケーは1860年代のビクトリア朝イギリスにおいて爆発的な人気を博していた。フランスから伝わったこの新しいゲームに魅了されたキャロルは、家族とともにクロッケーに興じていたという。ときには幼いリデル三姉妹と一緒にプレーすることもあったらしい。クロッケーのルールは流動的だったため、キャロルは独自のルールを考案し、1863年にそれらをまとめた『クロッケー・キャッスル：5人制（Croquet Castles：For Five Players）』という本を出版した。のちに彼は、4人だけでプレーできるようにルールを改定している。プレーヤーの数はどうあれ、キャロルの考案したルールは複雑すぎたため、あまりはやらなかった。

# チェスセット

『不思議の国のアリス』ではトランプが重要な役割を果たしていた。一方、『鏡の国のアリス』の基礎となっているモチーフはチェスである。チェスの試合に見立てられたこの物語の中で、アリスは歩兵（ポーン）としてスタートする。彼女は女王（クイーン）を目指して、巨大なチェスボードの盤上を進んでいかなければならない。この作品では格子状の平野をチェスボードに見立てている。横列を区切っているのは小川だ。一方、縦列は垣根によって区切られている。

この物語におけるチェスの重要性を裏付けるかのように、キャロルはアリスの軌跡を表す棋譜を冒頭に掲げている。のちに少なからぬ読者がこの棋譜の正確さに疑問を呈したため、キャロルは1897年版『鏡の国のアリス』の序文で自ら弁明をおこなうことになった。彼はこの序文の中で「赤と白の番の交代はそれほど厳密に守られていないかもしれない」と認めているが、その一方で「実際に駒を手にして棋譜通りに動かしてみれば、それがチェスのルールに厳密に従ったものであることがわかるはずだ」と主張している。

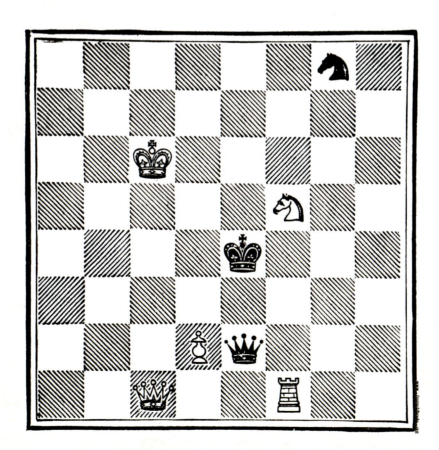

上：1897年版『鏡の国のアリス』の序文に登場する局面図。
左ページ：現代画家、ジョナサン・バリーの手による『ハートの女王』と題された作品。キャロル式のクロッケーが描かれている。

✣ 161 ✣

## テニエルのチェスボード

　2011年、イギリスの希少本ディーラー、ジェイク・フィオールは思いがけない発見をした。最近購入したアンティークのチェスボードの四隅に「JT」というイニシャルが記されていたのである。チェスボードの縁の部分には、『鏡の国のアリス』のキャラクターを描いた16点のイラスト（インクと水彩絵具を使って手描きされたもの）があしらわれていた。フィオールが調べた結果、ジョン・テニエルは自らが手がけた作品の多くにこのような形でサインを施していたことがわかった。その後、ロンドン・メトロポリタン大学のコンサバター（史料の修復・保存に携わる専門家）によって、このユニークなチェスボードが実際にテニエルの作品であることが立証されている。なぜテニエルはチェスボードを作ろうと思ったのだろうか？　その答えは誰にもわからない。1回限りの仕事だったのかもしれないし、さらなるアリスグッズを製造する計画があったのかもしれない。フィオールはさまざまな推測をめぐらせている。

右：ジョン・テニエルが手がけたイラストつきのチェスボード。
下：「ライオンとユニコーン」のイラスト。

## アリスのチェスセット（2008年）

　ヤスミン・セティのチェスセットの不透明な駒を特製のチェスボードに置いた瞬間、不思議な現象が起こる。たちまち駒が透明になり、その正体が明らかになるのだ。一方、ボードから離れるやいなや、駒は不透明に戻ってしまい、他の駒と見分けがつかなくなる。デザイナーのヤスミン・セティは『鏡の国のアリス』に触発され、このチェスセットの原型となる作品を生み出した。チェスの駒は使われて初めて価値があることを示すのがその狙いだった。

　ガラス製のチェスの駒の内部には標準的なスタントン式のチェスの駒のシルエットが封じ込められている。盤上に駒を置いた瞬間、LED内蔵のガラス製ボードが発光し、内部のシルエットが浮かび上がる仕掛けである。

４つのナイト（騎士）の駒だけは、逆さまに置かなければ光があたらない仕組みになっている。これは『鏡の国のアリス』で白の騎士が「頭が下にあったほうが、新しいものをどんどん発明できる」と語ったことに由来するものである。

✦ 163 ✦

# ロール・プレイング・ゲーム (RPG)

### ダンジョンランド、ザ・ランド・ビヨンド・ザ・マジック・ミラー（RPG用シナリオ）
TSR社／作者：ゲイリー・ガイギャックス／1983年

　RPGの草分け的存在と言えるのが『ダンジョンズ＆ドラゴンズ』である。ファンタジーRPGの父ゲイリー・ガイギャックスが生み出したこのゲームをきっかけに、戦闘や冒険を熱望する大量のゲーマーが出現し始めた。RPGにおいては、各プレーヤーが仮想の人格（プレーヤーキャラクター）を演じる一方で、ゲームマスターが進行を取り仕切り、必要に応じて審判役を務めることになる。

　1983年、ガイギャックスは、『不思議の国のアリス』から着想を得た『ダンジョンランド』を発売した。冒険者たちはひょんなことから奇妙な国に足を踏み入れることになる。彼らはウサギ穴のような「エンドレス・シャフト（無限シャフト）」を落ちていき、「ロング・ホール（細長い広間）」を通り、「タイニー・ガーデン（小さな庭）」に出る。そして「ウッズ・オブ・ツリーズ（森林）」をくぐり抜け、「ジャイアント・フンギ（巨大キノコ）」に出くわし、「ワイルズ・オブ・ダンジョンランド（ダンジョンランドの荒野）」を進みながら、「パレス（城）」にたどり着かなければならない。各ポイントにおいて、プレーヤーキャラクターは『不思議の国のアリス』のエピソードにちなんだシチュエーションに遭遇する。例えば、彼らは「涙の池」で泳いだり、命がけのクロッケーの試合をおこなったり、王宮で裁判を受けたりする。そして『ダンジョンズ＆ドラゴンズ』のキャラクターとしても登場した不思議の国の住人に出会う。チェシャ猫はスミロドン（剣歯虎の一種）に、イモムシはビーヒア（大蛇のような怪物）に、三月ウサギはライカンスロープ（狼男）になって登場するのである。

　ガイギャックスはこのRPG用シナリオの後書きでこう述べている。「『ダンジョンランド』を最大限に楽しむためには、ユーザーはルイス・キャロルの『不思議の国のアリス』という物語を読む必要がある。この本をじっくり読んでみてほしい。場合によっては何度も読み返したくなる一節に出くわすかもしれない」

　同年に、『鏡の国のアリス』に基づいた『ザ・ランド・ビヨンド・ザ・マジック・ミラー』も発売されている。ここではプレーヤーキャラクターはチェスに参加する一方で、ジャバーウォックやバンダースナッチ、セイウチと大工といったキャラクターと渡り合っていくことになる。

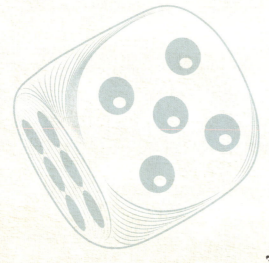

# テレビゲーム／携帯型ゲーム ／PCゲーム

## ふしぎの国のアリス
デジタル・エクリプス・ソフトウェア（現・バックボーン・エンターテインメント）／2000年

　ディズニーのアニメ映画『ふしぎの国のアリス』（1951年）は2000年にゲームソフトとして生まれ変わっている。任天堂のゲームボーイ用のソフトとして制作されたこのゲームは、ディズニーの映画に忠実に作られており、本編映像の一部をデモシーンとして収録している。ゲーム本編の開始とともに、プレーヤーはアリスとなってウサギ穴を落ちていき、不思議の国へ迷い込む。20以上ものステージで構成されたこの横スクロールゲームにおいて、アリスは数々の障害物をジャンプで越えながら、不思議の国の住人たちの探し物を手伝っていくことになる。目標達成のために、道中で手に入れたマジックマッシュルームを使って、体の大きさを変えなければならない場合もある。

## アリス・イン・ワンダーランド
ディズニー・インタラクティブ・スタジオ／2010年

　アニメ映画『ふしぎの国のアリス』に基づいた上記のゲームとは違って、ティム・バートンの映画を下敷きにしたこのゲームのプレーヤーたちは、アリスの動きをコントロールできるわけではない。その代わりに、彼らはさまざまな「アンダーランド」の住人の役割を担い、アリスがジャバーウォックを退治するまでの道のりを見守っていく。このゲームはPC、Wii、DSの3つのプラットフォームで発売されている。PC版とWii版は映画を彷彿とさせるビジュアルスタイルを売り物にしており、色鮮やかで写実的なアニメを取り入れている。一方DS版は、くっきりした輪郭とシンプルな色使いを特長とした漫画的な絵柄を採用している。また、PC版とWii版では5つのキャラクター（マッドハッター、白ウサギ、三月ウサギ、眠りネズミ、チェシャ猫）を操作できるのに対し、DS版では4つのキャラクター（マッドハッター、白ウサギ、イモムシ、チェシャ猫）しか操作できない。

　一方、ゲームの進め方についてはどのプラットフォームでも基本的に同じである。プレーヤーたちは操作するキャラクターを自由に切り替えながら、アリスを誘導したり、敵から守ったりする。そして彼女が各ステージを順調にクリアーし、最後の敵ジャバーウォックを退治できるように力を貸していく。各キャラクターに備わった特殊能力もゲームに興を添えている。例えば、白ウサギは「時間をコントロールする能力」、チェシャ猫は「ものを消す能力」の持ち主だ。

　意外なことに、より好評を博したのは、ビジュアルの美しいPC版やWii版ではなく、携帯ゲーム機であるDS版のほうだった。レビュアーはDS版の謎解き的な要素や、様式化されたデザインを称賛した。PC版やWii版はそれほど高い評価を得られなかった。マイナス要因として、何度も繰り返される戦闘シーンや、（とりわけゲームとゲームの合間のデモシーンにおける）ビジュアルの完成度のばらつきなどが挙げられていた。映画版のキャストの一部（ミア・ワシコウスカ〔アリス〕やクリスピン・グローヴァー〔ハートのジャック〕、スティーブン・フライ〔チェシャ猫〕など）は、ゲームでも声優を務めている。

## アリス イン ナイトメア
ローグ・エンターテインメント（開発）／エレクトロニック・アーツ（発売）／2000 年

## アリス マッドネス リターンズ
スパイシーホース（開発）／エレクトロニック・アーツ（発売）／2011 年

「不思議の国はすっかり変わってしまったわ」。2000 年に発売された PC ゲーム『アリス イン ナイトメア』のデモシーンで、アリスはチェシャ猫に向かってそうつぶやく。不思議の国の現状を考えれば、「変わってしまった」というのは生ぬるい表現かもしれない。このゲームが描いているのは、『アリス』の後日譚である。1874 年、不思議の国は、病んだ住人たちの跋扈する不気味な場所に姿を変えていた。ゲームのバックストーリーはゴシック的な陰鬱さに満ちている。アリスは幼い頃に両親を火事で亡くしてしまう。飼い猫のダイナが石油ランプを倒したことが火事の原因だった。窓から飛び降り、雪の吹きだまりに落ちたアリスは、九死に一生を得る。しかし 10 年後、18 歳になったアリスは、罪悪感にさいなまれながら、精神病院のベッドでじっと体をこわばらせていた。

ゲームのオープニング場面で、病院のナースは身じろぎもせずに横たわるアリスの傍らに、彼女が小さい頃から大切にしていた白ウサギのぬいぐるみを置いていく。アリスがぬいぐるみを抱きしめようとした瞬間、それは生きた白ウサギに変身し、「助けてアリス！」と叫ぶ。アリスと白ウサギは深い穴の中を落ちていき、落ち葉の山の上に着地する。ここから先、アリスは知恵を絞って不思議の国をうまくくぐり抜け、地下世界を支配する邪悪なハートの女王を倒さなければならない。女王を打ち負かし、不思議の国に再び平和を取り戻すことができて初めて、アリスの病んだ心は癒されるのである。

プレーヤーはアリス（このゲームで唯一の操作可能なキャラクター）のアバターを操ることになる。アリスはチェシャ猫（見るからに邪悪そうな痩せこけたクリーチャー）とともに、さまざまな武器（ラッパ銃、クロッケーの木槌、ナイフなど）を集めていく。そして、ハートの女王を追う過程で出会う敵たちを、それらの武器を使って撃退する。プレーヤーがしくじれば、アリスは死んでしまう。しかも炎に焼かれたり、溺れたりと、その死にざまは恐ろしい。アリスが死んだ場合、プレーヤーはステージの初めからやり直さなければならない。

『アリス イン ナイトメア』を開発したのは、『ドゥーム』や『クエイク』などを手がけたことで知られるゲームクリエイター、アメリカン・マギーである。彼はその見返りとして、ゲーム名（原題：『American McGee's Alice』）に自分の名前が刻まれるという栄誉にあずかった。マギーによれば、彼が手がけたゲームの風変わりなテイストは、自身の奇妙な生い立ちに起因する部分が多いという。「僕の子ども時代は、『サリー・ジェシー・ラファエル』に出てくるようなエピソードの連続だったんだ」。マギーは『ワイアード』誌のノア・シャクトマンとのインタビューでそう語っている。異世界を思わせる不気味な BGM を手がけたのは、ロック・バンド、ナイン・インチ・ネイルズのメンバー、クリス・ブレナである。

『アリス イン ナイトメア』は発売されるやいなや絶賛を浴び、熱狂的なファンを持つ人気アクションアドベンチャーゲームとなった。とりわけ高い評価を受けたのが、創意に富んだビジュアルだった。『ニューヨーク・タイムズ』のレビュアーは「ただ見ているだけでも、プレーするのと同じくらい楽しい」と評している。しかし、一部のゲーマーからは簡単すぎて物足りないという声も上がった。『ゲーム・プロ』誌のレビュアーは次のような忌憚のない意見を述べている。「最初のうちは楽しいが、単純なシステムに従ってただ戦闘アクションを繰り返しているだけでは途中で飽きてしまう。もしも最高のビジュアルと優れたコンセプトがなかったら、かなりつまらないゲームになっていただろう」

『アリス イン ナイトメア』から 11 年後、続編の『アリス マッドネス リターンズ』が、PC、PS3、Xbox 360 という 3 つのプラットフォームで発売されることになった。このゲームは前作のラストから 1 年後の世界を舞台にしたものである。アリスは精神病院を退院し、主治医の保護の下、つらい記憶や幻覚を拭い去ろうと努力している。アメリカン・マギーによれば、このゲームの筋書きは「殺人ミステリー」に似ているという。なぜなら、アリスの目的は、両親の命を奪ったあの火事の真相を突き止めることにあるからだ。『アリス イン ナイトメア』ファンの要望に応え、マギーは今回、ゲームの戦闘システムや難易度の改善をおこなった。一部のレビュアーからは「プレーするより見ているほうが楽しい」という声も上がっているものの、本作はおおむね好意的な評価を得ている。

『アリス イン ナイトメア』の冒頭シーン。18歳になったアリスは精神病院に収容されている。

ジョーフィア・サボ(『不思議の国のアリス』のファンアートを手がけているアーティスト)のイラスト。

# アプリ

**iPad 版 不思議の国のアリス** (Alice for the iPad)
アトミック・アンテロープ／2010 年

　2010 年に発売された『iPad 版 不思議の国のアリス』は、史上屈指の人気を誇る童話アプリである。これまでに 50 万人以上の読者によってインストールされ、児童書アプリとしてトップクラスの売り上げを記録している。プログラマーのベン・ロバーツとともにこのアプリを共同開発したグラフィックデザイナーのクリス・スティーブンスによれば、これほどの人気を集められたのは、キャロルとテニエルによる「素晴らしいコンテンツ」と、独特のインタラクティブな機能のおかげだという。このアプリを使えば、これまでになかった形でテニエルのイラストと触れ合うことが可能になる。タブレットを操作することで、アリスの体を伸び縮みさせたり、ハートの女王にタルトを投げつけたり、トランプを舞い上がらせたりできるのだ。

　最新版のアプリには全 52 ページの「簡略版」と全 249 ページの「完全版」の両方が収録されている。クリス・スティーブンスがデザインを手がけ、ベン・ロバーツがすべてのプログラミングを担当した結果、「デジタルな飛び出す絵本」が出来上がった。『カーカス・レビュー』誌によれば、それは「iPad のストーリーテリング能力を如実に物語るもの」だった。

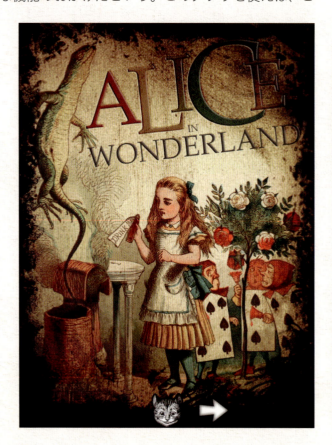 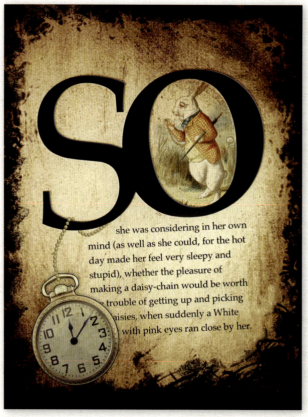

『iPad 版 不思議の国のアリス』の「表紙」と「ページ」の一例。

### アリス・イン・ニューヨーク (Alice in New York)
アトミック・アンテロープ／2011 年

　『アリス・イン・ニューヨーク』は、『鏡の国のアリス』の世界と摩天楼の立ち並ぶ 1930 年代のニューヨークを一体化させたインタラクティブなアプリである。このアプリも、グラフィックデザイナーのクリス・スティーブンスが開発を手がけている。『鏡の国のアリス』の出版 140 周年記念の特別企画を考えていたスティーブンスは、その舞台として「ニューヨーク」を選んだ。なぜなら「マンハッタンと『アリス』の世界の不思議な符合」に感銘を受けたからである。ここでは『鏡の国のアリス』のチェスボードは、ニューヨークの碁盤の目のような街路に生まれ変わっている。原作のキャラクターも新たな姿で登場する。赤の女王は赤装束の自由の女神だ。トゥイードルディーとトゥイードルダムはタクシーの運転手であり、ハンプティ・ダンプティは高層建築の鉄骨の上でシーソー遊びに興じている。

　スティーブンスは原作の文章に独自のアレンジを加えた上で、イラストレーターのペトラ・ニールの手を借りて、テニエル風のビジュアルを実現している。アプリのインタラクティブ機能を使えば、コニーアイランドの観覧車を回転させたり、落書きだらけの地下鉄に乗ったり、見事な花火を観賞したりすることも可能だ。なかでも一番印象的なのは、エンディングの「アリスが人形サイズの赤の女王（自由の女神）を両手で持ち上げている場面」だろう。ここでタブレットを振ると、原作の通りに赤の女王は黒い子猫に戻ってしまうのだ。

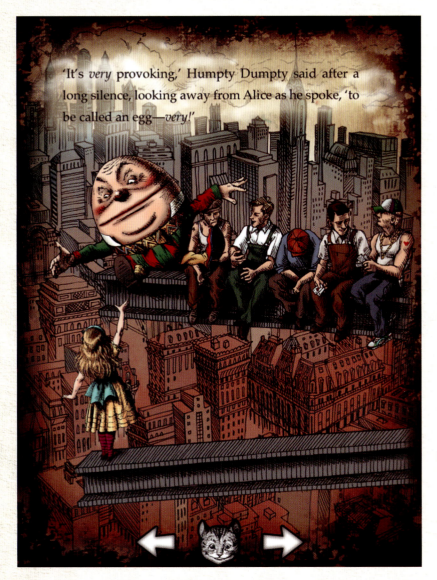 

タブレットを操作すれば、ハンプティ・ダンプティの乗っている鉄骨を揺らしたり、自由の女神の体を傾けたりすることができる。

# アリスと広告

　1922年のポスト・フーズ社の広告には「アリスが不思議の国で一番美味しいと思ったのは『ポスト・トースティーズ』でした」との謳い文句が踊っている。同社は成長期の子どもの栄養補給に最適な食べ物としてこのシリアルを売り出していた。「これを食べれば大きすぎず、小さすぎず、ちょうどいい大きさの体を手に入れることができます」という触れ込みだった。

　アリスという人気キャラクターを使った広告は1940年代後半に最盛期を迎え、その勢いは1950年代前半まで続いた。車、冷蔵庫、テレビ、生命保険、グレープジュース、電話……ありとあらゆる広告で彼女の姿を見かけることになったのだ。

　アリスを広告に使った商品の中で最も有名な（そして驚くべき）ものは、おそらくギネスビールだろう。ギネス社は通常の広告に加えて、1933年から1959年の間に5冊の限定版ブックレットを配布している。これらの宣伝用のブックレットは、感謝の印として、毎年クリスマスシーズンに医師たちのもとに郵送されていた。同ブックレットのもう一つの目的は、医師の口を通じてギネスビールの効用を広めてもらうことにあった（会社は医師のお墨付きによって「ギネスは体にいい」というキャッチフレーズの信憑性を高めようとしたのである）。これらのブックレットには、パロディ化された『アリス』のキャラクターのイラストとともに、ギネスビールの宣伝文句が盛り込まれていた。『ギネス・アリス (The Guiness Alice)』（1933年）には、「ウィリアム父さん」をもじった次のような詩が掲載されている。

「もう年だね、ウィリアム父さん」若い息子が言いました。
「なのにすごく元気じゃないか
ベッドに入ったとたん朝までぐっすり
父さんの年じゃ珍しいよ」
「若い頃にな」父さんは息子に答えました。
「『ギネスにリラックス効果あり』と聞いたのさ
それ以来ちょっぴり元気がないときは
一杯やることにしたんだ」

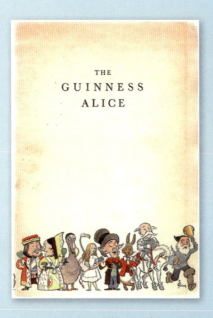 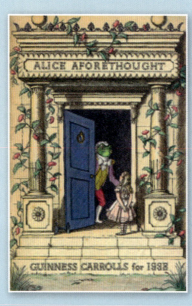 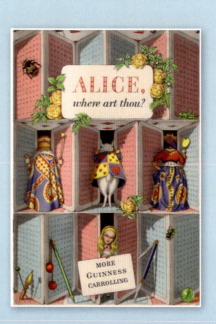

アリスを使ったギネスの宣伝用ブックレットは、コレクターズアイテムとして高い人気を集めている。

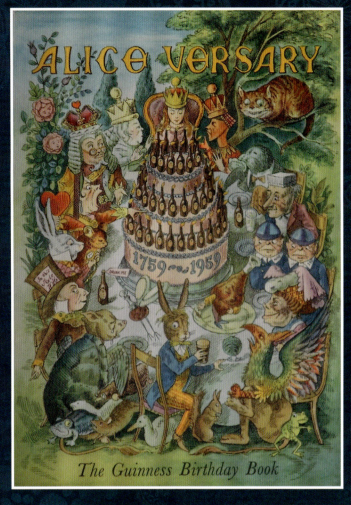
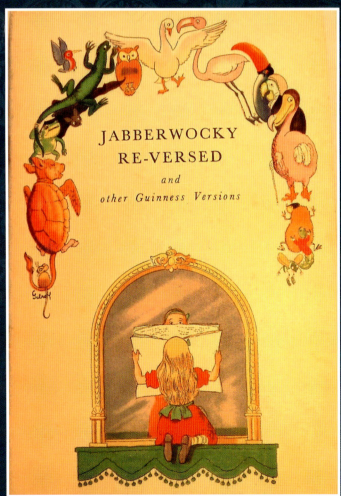
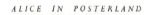

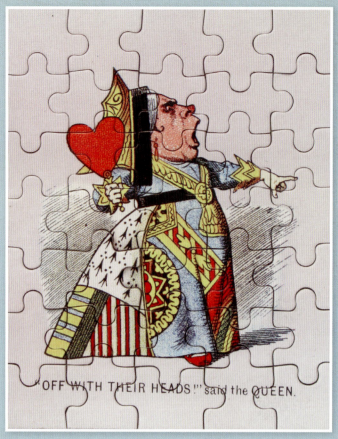
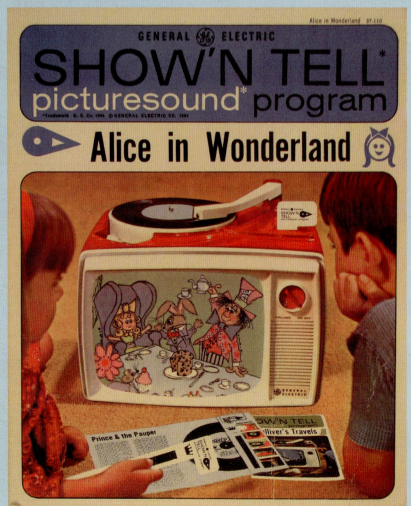

1960年代の可動式紙人形（左上）、ジグソーパズル（右上）、フィルムストリップ（左下）。これらは『不思議の国のアリス』から生まれた無数のおもちゃのほんの一例である。

❧ 172 ❧

# おもちゃの国の
# アリス

　ボードゲームやパズルから人形、ティーセット、コスチュームにいたるまで、子ども向けのアリスグッズは大量に存在している。

　最も初期のアリス人形の制作を手がけていた作家の1人が、マーサ・ジェンクス・チェイスである。ロードアイランド出身の熟練した裁縫師であった彼女は、その才能を生かして人形ビジネスを成功させたのだった。チェイスは当時おもちゃ屋の棚を席巻しつつあった機械仕掛けの人形を子どもの想像力を妨げるものと見なしていた。そこで1899年に、子どもが抱きかかえて遊べるような布製の人形の製作に着手したのである。これらの人形はメリヤス製で非常に軽く、目鼻の部分はウォッシャブルの塗料で描かれていた。また、おもちゃ屋だけでなく、メイシーズなどの百貨店でも買うことができた。1905年、チェイスは『アリス』のキャラクターをかたどった人形シリーズを世に送り出している。そのラインナップには、アリスや帽子屋、公爵夫人、トゥイードルディーとトゥイードルダムなどが含まれていた。

　それ以降、数々の人形作家やおもちゃメーカーがアリス人形を手がけてきた。マダム・アレキサンダー（本名、ベアトリス・アレキサンダー。キャリア初期の1920年代に手作りの布製アリス人形を製作している）や、ヴォーグ社、ペディグリー社などはその一例である。マテル社もまた、長年にわたって数多くのアリス人形を生み出している。2007年、同社は「アリスバービー」を発売した。これは青いフリルドレスを着たブルネットのバービー人形で、付属品としてチェシャ猫のフィギュアが添えられていた。

『アリス』の愛すべきキャラクターをあしらった簡単なパズルゲーム。

173

左：マーサ・チェイスが手がけた人形。左からアリス、カエルの召使、トゥイードルディーとトゥイードルダム、公爵夫人、帽子屋。

下：布製や磁器製のアリス人形は、子どもたちとコレクターの双方を魅了し続けている。

# セントラルパークの不思議の国のアリス像

　この銅像の正式名は「マルガリータ・デラコート記念像」である。しかし、セントラルパークを訪れる人はみな「不思議の国のアリス像」と呼んでいる。大手出版社の創業者であり、慈善家でもあったジョージ・デラコートは、妻のマルガリータを亡くし、悲しみに打ちひしがれていた。生前のマルガリータはキャロルのナンセンスな作品を愛し、子どもたちによくそれらを読み聞かせていた。とりわけお気に入りだったのが「ジャバーウォックの詩」だった。デラコートはそんな妻への手向けとして、不思議の国のアリス像を建てることにしたのである。銅像の制作を手がけたのはスペイン生まれの彫刻家ホセ・デ・クリーフトだった。彼は子どもたちがよじ登って遊べるようなデザインを考案した。1959年5月、公園のコミッショナー、ロバート・モーゼスによって除幕式がおこなわれ、不思議の国のアリス像は一般に公開された。するとたちまち、子どもたちのお気に入りの銅像となった。長年子どもたちに愛され、その手で磨かれ続けたために、銅像の表面はところどころつるつるになってしまっている。

　セントラルパークの東74丁目付近に位置するこの像は、約3.4メートルの高さがある。アリスは猫のダイナを膝に乗せて巨大なマッシュルームの上に座り、その周りを4人の不思議の国の住人、白ウサギ、チェシャ猫、帽子屋、眠りネズミが取り囲んでいるという形だ。アリス以外のすべてのキャラクターはテニエルの挿絵を踏襲した造形になっている。また、銅像の土台の周囲には7枚の銅のプレートがはめ込まれており、そのうちの6枚には『アリス』からの引用文が刻まれ、残りの1枚にはマルガリータ・デラコートへの献辞が記されている。

デ・クリーフトは娘のドナをモデルにしてアリスの像を彫り上げた。

# 第9章
# 現代世界とアリス

「昨日に戻ってもしかたないわ。だって昨日の私は別人だもの」
——ルイス・キャロル『不思議の国のアリス』

ルイス・キャロルが『アリス』を書いた頃のイギリスは、今日とはまったく様相が異なっていた。女性はスカート部分の膨らんだ窮屈なロングドレスを身にまとい、男性はシルクハットにステッキを携えていた。移動手段は馬車や列車であり、通信手段は肉筆の手紙のみだった。しかし、これほど時代背景が違うにもかかわらず、キャロルの作品は今なお決して色褪せることはない。今日の世界においても、『アリス』はあらゆるグッズ、ティーカップやアクセサリー、Tシャツ、マニキュアなどを生み出し続け、人々は相変わらずそれらの商品に群がっている。アリスをテーマにしたレストランや、アリスのタトゥー、さらには「不思議の国のアリス症候群」という医学用語まで存在する（この病気は「自分の体や外界の事物の大きさが通常とは異なって感じられること」を主症状としており、患者の多くは同時に偏頭痛を抱えているという）。時代とともに、アリス像にも変化が生じている。今や彼女はスチームパンク（訳注：19世紀末〜20世紀初頭の世界観を取り入れたSFのジャンル）のヒロインになったり、日本の漫画の主人公になったり、子ども向けの3Dアニメ作成ソフトウェアに登場したりするようになったのである。

# ディズニーランドのアトラクション

　ウォルト・ディズニーは映画『ふしぎの国のアリス』(1951年)の出来には不満を抱いていたものの(106ページを参照)、自身のテーマパークに『アリス』のアトラクションを設けることは決して忘れなかった。彼の死後に開園したさまざまなディズニーパークも『アリス』のアトラクションを設置し、多くの客を引き込むことに成功している。

## アリスのティーパーティー (The Mad Tea Party Ride)

　カリフォルニア州アナハイムのディズニーランドは1955年7月17日に正式にオープンしている。そのアトラクションの一つとして登場したのが、映画『ふしぎの国のアリス』から生まれた「アリスのティーパーティー」だった。ライド形式のアトラクションで、大きなターンテーブル上に設置された3つの小さなターンテーブルに、各6個ずつ計18個のティーカップが取りつけられている。小さなターンテーブルが時計回りに回転するのに対し、大きなターンテーブルは反時計回りに回転する仕組みだ。

　今日、このアトラクションは5カ所のディズニーパーク(カリフォルニア、フロリダ、パリ、東京、香港)で楽しむことができる(ただし、アトラクションの名称やデザインは、施設によって微妙に異なっている)。

ディズニーランド・パリの「マッドハッターのティーカップ(Mad Hatter's Tea Cups)」。
花びらの形をしたガラス屋根の下でティーカップが回っている。

### 不思議の国のアリス (Alice in Wonderland Ride)

　「不思議の国のアリス」はカリフォルニアのディズニーランドにしか存在しないダークライド型のアトラクションである。イモムシ形のライドに乗り込んだ客は、ウサギ穴に落ちた後、「喋るドアノブ」がついた扉を通って、不思議の国に入っていく。彼らはそこでチェシャ猫やイモムシ、ハートの女王といったおなじみのキャラクターに出会うことになる。ナレーションは、映画『ふしぎの国のアリス』でアリスの声を担当したキャサリン・ボーモントである。また、『ふしぎの国のアリス』のBGMが終始ライドを盛り上げている。1958年に導入されたこのアトラクションは、1983年に一部のシーンが削除・追加され、装いも新たにリニューアルオープンしている。

### アリスの不思議なラビリンス (Alice's Curious Labyrinth)

　映画『ふしぎの国のアリス』の終盤には、アリスが迷路でハートの女王に追いかけられる場面がある（ちなみにキャロルの原作にはこうした迷路は出てこない）。1992年、ディズニーランド・パリに登場した「アリスの不思議なラビリンス」は、この迷路のシーンから生まれたアトラクションである。生垣でできた迷路は2つのセクションに分かれている。最初のセクションは「タルジーの森」という名前の簡単な迷路である。客はここで、アコーディオン式の首を持つフクロウや、ラッパ形の口をしたアヒル、くちばしが金槌になった鳥（いずれもアニメ版のオリジナルキャラクター）に出迎えられる。謎めいたチェシャ猫はあちこちの看板などに神出鬼没に出現し、フランス語でユーモラスなフレーズをつぶやく。マッシュルームに乗ったイモムシのそばを通り過ぎ、コーカスレースのセクションを抜けると分かれ道に出る。一方は「チェシャー・キャット・ウォーク」という名の小さな迷路に、もう一方は「ハートの女王の迷路」（2つ目のセクション）につながっている。高い生垣に囲まれ、行き止まりが8つもあるこのセクションは、最初のセクションよりもずっと難易度が高い。チェシャ猫が掲げた看板には「こっちは難しいかも。首をはねられる危険あり！」という警告が書かれている。ゴール地点はハートの女王の城である。城の上に登れば、ファンタジーランドの全貌を眺めることができる。

ハートの女王の城の前で歩哨に立つトランプ兵。

# ファッショナブルな アリス

『不思議の国のアリス』と『鏡の国のアリス』という2つの作品の間で、アリスのファッションは微妙に変化している。ドレスはほとんど変わらないものの、『鏡の国のアリス』では新たにボーダーのソックスとヘアバンドが加わっているのだ。これらのファッショナブルなアイテムは、アリスが当世風の女の子であることを示している。テニエルの挿絵に取り入れられたことによって、ヘアバンドの人気はますます高まり、やがてそれは「アリスバンド」という名で知られるようになった。

当時から21世紀にいたるまで、アリスはその時代のファッションに影響を与え続けている。ドナテラ・ヴェルサーチ、ステラ・マッカートニー、ジェイソン・ウー、アントニオ・マラスといった多彩なデザイナーたちが、『不思議の国のアリス』からインスピレーションを得ているのである。2010年にはネイルブランドのOPIが、ティム・バートンの『アリス・イン・ワンダーランド』の公開に合わせて、映画の登場人物やストーリーをイメージした限定ネイルカラーを発売している。これらのネイルカラーには「オフ・ウィズ・ハー・レッド」(オフ・ウィズ・ハー・ヘッド〔首をはねよ〕のもじり)や「マッド・アズ・ア・ハッター」、「アブソルートリー・アリス」といった名前がつけられていた。

上・右ページ：船越保孝のファッションショー「私の中のアリス・イン・ワンダーランド（Alice in Wonderland in Me）」（東京、2012年）でポーズを決めるモデルたち。

### 『ヴォーグ』誌のアリス特集
（2003年12月号）

　2003年、ファッション誌『ヴォーグ』のクリエイティブ・ディレクター、グレイス・コディントンは、写真家のアニー・リーボヴィッツとコラボレーションし、人々の耳目を集める特集記事を生み出した。『不思議の国のアリス』や『鏡の国のアリス』をテーマにしたこの特集では、ロシア人モデル、ナタリア・ヴォディアノヴァがアリスに扮し、今回のために特別に作られた各種の青いドレスを着こなしている。リーボヴィッツは、テニエルの挿絵から想を得たファンタスティックな場面を背景にして、ヴォディアノヴァの姿をフィルムに収めていった。不思議の国の住人に扮しているのは、クリスチャン・ラクロワ（三月ウサギ）、トム・フォード（白ウサギ）、マーク・ジェイコブス（イモムシ）、スティーブン・ジョーンズ（帽子屋）といった有名ファッションデザイナーたちである。

### プランタンのウィンドウディスプレイ
（2010年2-3月）

　2009年、パリの百貨店プランタンは、一流のファッションデザイナーたちを招き、アリスをテーマにしたウィンドウディスプレイ用のユニークなドレスを作り出した。オートクチュールデザイナーのアレキサンダー・マックイーンや、クリストファー・ケイン、アン・ドゥムルメステール、およびクロエのデザインチームなどの協力を得て完成したこのウィンドウディスプレイは、ティム・バートンの『アリス・イン・ワンダーランド』の封切に先駆け、2010年2月に公開された。ショーウィンドウの中では、映画の白黒スチール写真を背景に、白ウサギの頭をしたマネキン人形が、巨大なティーカップやトランプ、懐中時計といった小道具の横でポーズを決めていた。プランタンの他に、2つの百貨店（ニューヨークのブルーミングデールズとロンドンのセルフリッジズ）が、『アリス』をテーマにしたウィンドウディスプレイを実施した。

残念ながら、デザイナーのアレキサンダー・マックイーンは2010年2月に自ら命を絶っている。

## アリスのタトゥー

　『パブリッシャーズ・ウィークリー』誌のニュースブログ「Pwxyz」によるアンケートにおいて、『不思議の国のアリス』は「タトゥーの題材としてよく使われる文学作品ベスト5」の第2位にランクインしている。『アリス』はまた、最も多彩なタトゥーを生み出した本として有名だ。この作品は一風変わったキャラクターや引用句の宝庫であり、アリスファンは大量の選択肢の中から好みの絵柄やフレーズを選ぶことができる。では、第1位に選ばれた本は何か？　それはカート・ヴォネガットの『スローターハウス5』だ。本書で繰り返される「So it goes（そういうものだ）」というフレーズは、数多くのファンの手首や背中、すね、足にタトゥーとして刻み込まれている。

レイク・ジュロスコの背中、肩、腕にはディズニー映画『ふしぎの国のアリス』の全ストーリーが刻まれている。彫師のホリー・アザラはほぼ1年をかけてこのタトゥーを彫り上げた。

## アリスのジュエリー

　ディズニーから映画『アリス・イン・ワンダーランド』とのタイアップ商品の制作を依頼されたジュエリーデザイナーのトム・ビンズは、2010年、『アリス』をテーマにしたジュエリーコレクションを発売している。ミシェル・オバマからレディー・ガガにいたるまで幅広いファン層から支持を受けているビンズは、パンキッシュな感性を存分に発揮しながら、ディズニーとのコラボレーション用のブレスレットやネックレス、リングを作り上げた。6種類の限定アクセサリーは、それぞれ特定のキャラクターやエピソードをイメージしたものだ。ビンズお気に入りのキャラクターである赤の女王は、彼いわく「ラッカー塗りのハートを物騒なピンや棘と一緒に散りばめた」ネックレスによって表現されることになった。これらの限定アクセサリーには1000ドル〜1500ドルの値段がつけられていた。この他に40種類の低価格のジュエリーコレクションも同時に発売されている。

## スチームパンク・アリス

　アンソロジー『スチームパンク』の編者を務めたアン・ヴァンダミアとジェフ・ヴァンダミアは、本書のテーマであるスチームパンクを「疑似ビクトリア朝風のダークなエンターテインメント」と定義している。キャロル作品に関して言えば、これはまさに適切な定義である。「スチームパンク」という用語は当初、蒸気機関を主な動力とするビクトリア時代を舞台にしたSFを指していた。その後、スチームパンクムーブメントは次第に映画やゲーム、ファッションといったその他のカテゴリーにまで広がっていった。小説『未来少女アリス』（133ページを参照）において、著者のジェフ・ヌーンはアリスの分身「スリア」を自動人形とすることでスチームパンクの要素を取り入れている。また、ティム・バートン監督の『アリス・イン・ワンダーランド』は、スチームパンク風の映像に依存するところが大きかった。さらに、アメリカン・マギーのダークなPCゲーム『アリス イン ナイトメア』（166ページを参照）には、無数のスチームパンク風マシンが登場する。

　しかし、『アリス』の影響が最も強く感じられるスチームパンクの分野は、おそらくファッションだろう。小粋な白ウサギのベストや懐中時計は男女共用のファッションアイテムとして登場し、帽子屋のシルクハットはさまざまなスタイルにアレンジされている。女性スチームパンカーのクローゼットは、アリスのボーダータイツや青のコルセットドレスによって華やかに彩られることになった。なかには『不思議の国のアリス』をテーマにした結婚式をおこなう大胆なカップルもいた。彼らはビクトリア朝風の衣装に身を包み、式場の飾り付けから記念品にいたるまで、すべて『アリス』風のテイストで統一したのである。

## サイケデリックなアリス

1960年代、『不思議の国のアリス』という作品は、カウンターカルチャーを担う若者から「娯楽的な薬物使用のシンボル」として利用されるようになった。ジェファーソン・エアプレインのヒット曲「ホワイト・ラビット」（149ページを参照）の歌詞は、アリスの体が伸び縮みを繰り返すのは「マッシュルーム摂取による幻覚症状」であることを示唆していた。「私を食べて」と書かれたケーキや、水タバコを吸うイモムシなども、ドラッグとの関連で語られることが多かった。

『不思議の国のアリス』とドラッグを結び付けて考える傾向は今日まで続いており、ルイス・キャロルが幻覚剤を摂取しながら作品を書いたと信じている人は意外に多い。英語で「不思議の国のアリス」「ドラッグ」というキーワードで検索すると、驚くべき数の検索結果が出てくるほどだ。しかし実際には、キャロルが薬物に溺れていた可能性はきわめて低いと言える。そもそもLSDが初めて合成されたのは、キャロルの死の40年後の1938年のことだった。アヘンはビクトリア時代にすでに蔓延していたものの、キャロルがそれを嗜んでいたという証拠は一切存在していない。

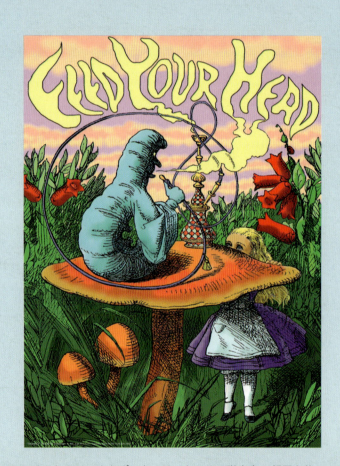

かつてこのサイケデリックなポスターは、あらゆる学生寮の部屋を飾っていた。

## 好奇心旺盛なアリス (Curious Alice)
(1968年)

　『好奇心旺盛なアリス』は8〜10歳の子どもを対象とした薬物乱用防止の啓発映画である。米国国立精神保健研究所によって配給されたこの短編映画は、興味本位で向精神薬に手を出すことがいかに危険であるかを子どもたちに説いている。映画の冒頭で、本を読みながら眠りに落ちたアリスは、あらゆる麻薬関連の道具で満ち溢れた部屋に迷い込んでしまう。そんな彼女を待ち受けていたのは、麻薬常習者に成り果てた不思議の国の住人たちだった。イモムシは水パイプでマリファナを吹かし、ハートの王はトランプ兵をヘロイン漬けにすることによって彼らを支配している。マッド・ティーパーティーは今やマッド・ドラッグパーティーと化していた。帽子屋はLSDでサイケデリックな世界にトリップし、覚醒剤中毒の三月ウサギは落ち着きなく跳ね回り、眠りネズミはバルビツール系の睡眠薬で酩酊状態に陥っている。アリスは常に誘惑と闘いながら、彼らに薬物の恐ろしさを説こうとする。

　薬物乱用防止を謳っているにもかかわらず、この映画はむしろ子どもたちをドラッグの世界に誘っているかのように見える。第一に、本作にはアンチドラッグというメッセージとは明らかに矛盾するシーンが出てくる。不思議の国に着いたとたんに、アリスは「私を飲んで」と書かれた瓶を見つける。彼女は謎の液体の入ったその瓶を拾い上げ、中身を飲み干してしまう。そして「うわー！　すごい！」と叫び声を上げる。これではまるで、アリスが何らかの向精神薬を摂取し、幻覚症状を起こしたかのように見えてしまう。こうした傾向をさらに助長しているのが、トリップ体験を思わせるサイケデリックなアニメである。その映像はむしろドラッグの魅力を訴えかけているかのようだ。

　1972年、全国麻薬教育情報連絡協議会は『好奇心旺盛なアリス』を「むしろドラッグの乱用を助長しかねない映画」であると批判し、それを見た子どもたちが「ドラッグがもたらすファンタジーの世界」に魅かれてしまう可能性があると述べている。

## 不思議の国のアリス症候群

　自らの体が突如として巨大化し、自分の手足がはるか遠くに見えている。そんな状況を思い浮かべてみてほしい。あるいは、体がどんどん小さくなり、あらゆる家財道具が自分を見下ろすようにそびえ立っている様子を想像してみてほしい。「不思議の国のアリス症候群」の患者にとって、こうした体験はありふれた出来事だ。1955年、イギリスの精神科医ジョン・トッドは、キャロルの小説に出てくる「少女の体が大きくなったり小さくなったりするエピソード」にちなんで、この病気を「不思議の国のアリス症候群」と名付けた。

　患者の大部分は子どもであり、10代になると症状が悪化する傾向がある（彼らは往々にして偏頭痛を併発しているという）。これらの症状は一過性のものであることが多く、たいていは大人になるとすっかり消えてしまう（あるいは次第に症状が軽くなり、発作の回数が減っていく）。「不思議の国のアリス症候群」の症状（軽度のものから重度のものまで多岐にわたる）には、上記のような自己の身体像の変容や、外界の事物の変形体験などが含まれる。後者のケースでは、近づいてくる乗用車が戦車ほどの大きさに見え、距離感がつかめなくなることがある。その場合、おちおち道路も渡れなくなってしまう。平衡感覚がおかしくなったり、物の質感がうまく感じ取れなくなったりする人もいる。真っ平らなはずの床が、湾曲したりへこんだりしているように感じると訴える患者もいた。現時点では「不思議の国のアリス症候群」の治療法は確立されていないため、患者は病気とうまく折り合いをつけながら日常生活を送っていかなければならない。興味深いことに、ルイス・キャロルは偏頭痛に悩んでいたとされており、一部の評論家は、『アリス』における主人公の肉体の変容は、彼自身が体験していた視覚の歪みから想を得たものではないかと推測している。

## アリス・プロジェクト（子ども向けの3Dアニメ作成ソフトウェアの制作）

『アリス』はカーネギーメロン大学のランディ・パウシュ教授が考案した子ども向けの3Dアニメ作成ソフトウェアである。1998年に開発されたこのフリーソフトを使えば、子どもたちは知らず知らずのうちにプログラミングの基礎を学ぶことができる。パウシュによれば、「物事をうまく教える秘訣は、相手に何か別のことを学んでいるように思わせることだ」という。子どもたちは『アリス』を使って動画やゲームを作成していくうちに、いつの間にかプログラミングの知識を身につけてしまうのである。このプロジェクトを後世への遺産と見なしていたパウシュは、『不思議の国のアリス』の著者であり、数学者でもあったルイス・キャロルに敬意を表し、ソフトウェアに『アリス』という名前をつけることにした。彼は言う。「ルイス・キャロルは当代一流の数学者だった。しかし彼は同時に、物事をきわめてシンプルに表現する方法を心得ていた。バーチャルリアリティが鏡の向こうの世界の優れたメタファーであることは言うまでもない」

2008年、パウシュは膵臓ガンのために47歳の若さで亡くなった。しかし幸いなことに、彼は『アリス』のプロジェクトが軌道に乗り、発展していく様子を見届けることができている。『アリス』はこれまでに100万人以上もの人々によってダウンロードされてきた。また、このソフトウェアに関する教材が何冊も出版されている。さらに2009年には、最新ベータ版である『アリス3』が発表された。このバージョンにはPCゲーム『ザ・シムズ2』のアニメキャラクターが取り入れられている。

## アリスと日本

エッセイ集『不思議の国の彼方のアリス（Alice Beyond Wonderland）』に収録されたショーン・サマーズのエッセイによれば、「日本の翻訳家はイギリスのどの作家よりもルイス・キャロルに関心を持っている」のだという。日本においてキャロルの作品が翻訳され始めたのは19世紀末から20世紀初めのことだった。当時の『アリス』の訳本は完全に子ども向けのものであり、かなり簡略化されていただけでなく、日本の文化に合わせて大胆な翻案がおこなわれていた（訳注：例えば、主人公アリスの名前は「愛ちゃん」「綾子さん」といった日本風の名前に置き換えられていることが多かった）。当時の挿絵画家もまた、原作に独自のアレンジを加え、日本人好みの絵柄を作り出していた。その結果、純和風の顔立ちをした着物姿のアリスがペー

木下さくらの『不思議の国のアリス』（普及版）。

ジを飾ることになったのである。とはいえ、2006年に漫画家の木下さくらが『ALICE IN WONDERLAND Picture Book　不思議の国のアリス』を出版する頃には、状況はすっかり一変していた。木下の描くアリスは、ブロンドの長い髪と極端に大きな目の持ち主であり、おなじみの青いドレスと白いエプロンという出で立ちで登場している。

アリスというキャラクターは日本の漫画の題材として高い人気を誇っており、これまでに数多くの派生作品が登場している。その一例として、キャロルの原作にレズビアン的要素を取り入れたコメディー漫画『不思議の国の美幸ちゃん』（CLAMP）や、『アリス』へのオマージュに満ちたファンタジー漫画『PandoraHearts（パンドラハーツ）』（望月淳）などが挙げられる。『PandoraHearts』の主人

公は、オズという 15 歳の少年である。

　『アリス』をモチーフにした漫画の中で最もよく知られているのが『ハートの国のアリス』（QuinRose）だ。この作品は同名の恋愛アドベンチャーゲームを漫画化したものである（同ゲームは小説やアニメ映画にも翻案されている）。ここでは、アリスはペーター・ホワイト（ウサギ耳を生やした成人男性）によって強制的に「ハートの国」に連れ込まれてしまう。ペーターはアリスに心を奪われており、その他のハートの国の住人たちもたちまち彼女の魅力の虜になる。しかし、ハートの国は常に三つ巴の領土争いの真っ只中にあるのだった。おなじみの不思議の国の住人たちはみな、人間の姿を取って現れる。ビバルディ（ハートの女王）は「ハートの城」で権勢を振るい、ブラッド・デュプレ（帽子屋）は「帽子屋屋敷」でマフィアグループ「帽子屋ファミリー」のボスを務め、ボリス・エレイ（チェシャ猫）は「遊園地」で気ままに暮らしている、といった具合だ。若年層の女性を対象としたこの漫画には、アリスと若い男性たちとの恋愛模様がふんだんに盛り込まれている。

## ハローキティの不思議の国のアリス（1993 年）

　ハローキティ（赤いリボンがトレードマークの、口がどこにも見当たらない猫）は、数十億ドル規模の一大ブランドである。1974 年、日本のサンリオ社によって生み出されたこの無表情な白い猫（正式名キティ・ホワイト）は、「家族とともにロンドンに在住」という設定になっている。日本発祥のキャラクターであるにもかかわらず、ハローキティは純然たるイギリス人なのだ。これはキティが誕生した当時の日本の少女にとって、イギリスが憧れの地であったことに由来するところが大きいと思われる。また、「キティ」という名は『鏡の国のアリス』に登場する子猫の名前にちなんだものである（紛らわしいことに、作品中では黒猫が「キティ」、白猫が「スノードロップ」と呼ばれている）。こうした経緯をふまえれば、彼女はアニメ『ハローキティの不思議の国のアリス』（1993 年）のヒロインとしてふさわしい存在だと言えるだろう。日本においてホームビデオとして発売され、アメリカの CBS でも放映されたこのアニメ（全編約 30 分）では、アリスに扮したキティが不思議の国に迷い込む。ストーリーはやや教訓めいているものの、キャロルの原作を忠実になぞっている。

下：ロンドンの百貨店「フォートナム&メイソン」のウィンドウディスプレイ。マッド・ティーパーティーの様子が生き生きと描き出されている。

## アリスのファンタジーレストラン

　日本ではさまざまなテーマレストランが人気を集めている。東京都内だけでも、忍者がコンセプトの居酒屋や、吸血鬼をモチーフにしたカフェ、アルカトラズ刑務所をイメージしたレストランなどが次々に登場しているのだ。したがって、この国に少なくとも7つのアリスをテーマにしたレストランが存在したとしても驚くにはあたらないだろう。「アリスのファンタジーレストラン」は、東京に5店舗、大阪に1店舗をかまえており、2015年3月には名古屋にも出店を果たしている。西新宿にある「魔法の国のアリス」は、「女王の庭」「女王の宮殿」「帽子屋のティーパーティー」「BIG HEART」という4つのエリアから構成されており、半個室も用意されているため、家族連れでも安心して食事ができる。店内に入ると、アリスのコスチュームを着たウェイトレスが出迎え、オーダーを取ってくれる。お通しは「私を食べて」と書かれたタグつきで、チーズの盛り合わせの皿はチェス盤である。客たちは「生ハムと女王様の赤い薔薇」や「魚介のコーカスレースペペロンチーノ」といった豊富なメニューから好みの料理を選ぶことができる。

東京のレストラン「魔法の国のアリス」の店内。クロッケー場のようなボックス席が用意されている。

# アリスファンによる二次創作物

## ファンフィクション

　ファンフィクション（ファンによる二次小説）は、個人の趣味として書かれた非営利目的の小説である。ファンたちは本や映画、テレビ番組、ゲームなどのお気に入りのキャラクターに触発されて原作の続編や補完的エピソードを書き上げ、それらの作品をファンフィクションサイトに投稿している。1960年代、こうした二次創作を最初に世に広めたのは『スタートレック』ファンたちだった。彼らはコンベンションで配布されるガリ版刷りのファンジン（同人誌）上で数多くのファンフィクションを発表していたのである。今日、何百万人ものライターがファンフィクションサイトに群がり、ポップカルチャー界の無数のキャラクターを主人公にした作品を投稿し続けている。「想像力を解き放て」をスローガンに掲げたFanFiction.Net（ファンフィクション・ネット）は世界最大のファンフィクションサイトだ。

　FanFiction.Netを訪れた『アリス』ファンは、大量のファンフィクションに出迎えられることになる。本稿執筆の時点で、このサイトには3000作近くもの『アリス』のファンフィクションが存在するのだ。作品の使用言語は英語、スペイン語、フランス語など多岐にわたっている。原作のストーリーを忠実に守りつつ、ちょっとしたひねり（例：アリスが猫のダイナと一緒にウサギ穴を落ちる）や新たなエンディングを付け加える者もいれば、ストーリーを大幅に変更し、ゴシック趣味やロマンスといった要素を取り入れる者もいる。人気ジャンルの一つとして「クロスオーバー」と呼ばれるものがある。これは異なる作品の登場人物を一つの物語の中で共演させてしまう手法である。例えば、アリスがピーター・パンとペアになってネバーランドへと漕ぎ出したり、ハリー・ポッターが不思議の国に迷い込み、イモムシと一緒に水タバコを吹かしたりするのだ。さらには、『アリス』の派生作品のファンフィクションも存在する。PCゲーム『アリス イン ナイトメア』のファンたちは、本作品の主人公についての新たな物語を生み出している。これらのファンフィクションは、わずか数段落のショートストーリーから、大勢のキャラクターが紆余曲折の物語を繰り広げる長編小説にいたるまで千差万別である。あらゆる創作物に言えることだが、作品のクオリティにはかなりのばらつきがある。とはいえ、魅力的なストーリーラインや持ち前の文才によって異彩を放つライターも少数ながら存在する。読者はレビュー欄に作品の感想を書き込めるため、腕のいいライターは大勢のファンの支持を集め、彼らから新たな作品の投稿をせがまれることになる。

ファンアーティスト、ジャウメ・ヴィラノヴァによるイラスト。イモムシと会話を交わすアリス。

## ファンアート

　ファンたちは『アリス』にまつわる新たな物語を書き上げるだけでなく、そのキャラクターを描いた二次創作的なアートを次々に生み出している。世界屈指のアートコミュニティサイト、DeviantART.com（デヴィアントアート）は、新進アーティストの投稿作品の宝庫だ。同サイトには、チェシャ猫のシンプルな白黒スケッチから、アリスがハートの女王から逃げ出す場面を描写したフルカラーの本格絵画にいたるまで、バラエティに富んだ作品がずらりと並んでいる。「クロスオーバー」というジャンルはファンアートにも存在する。あるファンアートでは、アリスは「人魚」に姿を変え、ディズニー映画『リトル・マーメイド』を彷彿とさせる水中の不思議の国に迷い込んでいる。

右と下：ハンガリーのファンアーティスト、ジョーフィア・サボの手による切り絵。
右ページ：アーティスト、ジャウメ・ヴィラノヴァが生み出した3点の作品。上のイラストは、マッド・ティーパーティーで退屈するアリスの姿を描き出している。

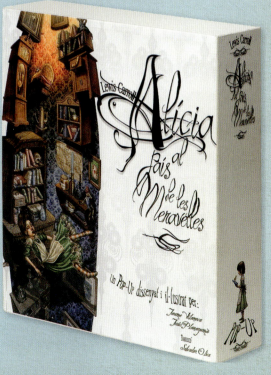

上：現代画家ジョナサン・バリーによる『誰がタルトを盗んだか？』と題された油絵。
左ページ：リスベート・ツヴェルガーの作品に描かれた不思議の国の生き物たち。

## ルイス・キャロル協会

　1969年に設立された英国ルイス・キャロル協会は、『アリス』を生み出した人物の作品や生涯、後世への影響についての研究に精力を傾けている団体である。同協会は3つの定期刊行物、学術雑誌『ザ・キャロリアン』（『ジャバーウォッキー』から改名）、ニュースレター『バンダースナッチ』、評論誌『ルイス・キャロル・レビュー』を発行している。この他にも、北米ルイス・キャロル協会（1974年設立、会報誌『ナイトレター』を年2回発行、出版活動やブログでの情報発信もおこなっている）や、日本ルイス・キャロル協会（1994年設立）、ブラジル・ルイス・キャロル協会（2009年設立）などの姉妹団体がある。

# 索引

## あ

アイ・アム・ザ・ウォルラス　148
iPad版 不思議の国のアリス　168
アクロスティック　156
アトウェル、メイベル・ルーシー　34
アドベンチャーズ・アンダーグラウンド　153
アドベンチャーズ・イン・ワンダーランド　90
アリス（ウーピー・ゴールドバーグ著作）　141, 143
アリス（ガレス・デイヴィス監督）　78
アリス（トム・ウェイツ楽曲）　150
アリス（ニック・ウィリング監督・脚本、2009年）　95-96
アリス（ヤン・シュヴァンクマイエル監督・脚本）　115, 117
アリス イン ナイトメア　166-67, 185, 191
アリス マッドネス リターンズ　166
アリス・イン・コンサート　46
アリス・イン・サンダーランド：エンターテインメント　134
アリス・イン・ニューヨーク　169
アリス・イン・ブランダーランド：虹色の夢　126
アリス・イン・ミラーランド　91
アリス・イン・ワンダーランド（カードゲーム）　159
アリス・イン・ワンダーランド（ゲームソフト）　165
アリス・イン・ワンダーランド（ティム・バートン監督）　xii, 73-75, 96, 117, 180, 182-83, 185
アリス・コメディー　102
アリス・プロジェクト　188
アリス交響曲　152
アリス人形　173-74
アリスの新たな冒険　129
アリスの国の不思議なお料理　139
アリスのティーパーティー　178
アリスのファンタジーレストラン　190
アリスの不思議なラビリンス　179
アリスの不思議の国　101-02, 104, 106
アリスのポップアップ・ワンダーランド　141
1音節の単語による「不思議の国のアリス」　127
ヴィンテージ・アリス　153
ウェストミンスター・アリス　124-25

エッチの国のアリス　67
LSD　147, 186-87
エルンスト、マックス　viii, 28
オーケストラリアのアリス　127
オクセンバリー、ヘレン　19, 32-33, 36
オズの魔法使（ミュージカル映画）　86, 130
オズの魔法使い（L.フランク・ボーム著作）　viii, 95, 130, 149
踊るリッツの夜　58

## か

ガードナー、マーティン　vii, 138, 148
鏡の国のアリス（BBCテレビ作品）　78
鏡の国のアリス（アラン・ハンドリー監督）　82
鏡の国のアリス（ジェームズ・マクタガート監督）　85
鏡の国のアリス（陳銀淑制作予定オペラ）　49
鏡の国のアリス（ディームズ・テイラー作品）　152
鏡の国のアリス（ルイス・キャロル原作）　xi-xii, 6, 14, 20, 22-23, 30, 32-33, 40, 45, 66, 68, 75, 78, 82, 85-86, 89- 92, 103-04, 109, 113, 122, 129, 133, 146-49, 152-53, 155-56, 161-64, 169, 180, 182, 189
ギネスビール　170
木下さくら　188
宮殿の中のアリス　46
グッバイ・アリス・イン・ワンダーランド　150
クロッケー・キャッスル：5人制　160
ケアベア・アドベンチャー・イン・ワンダーランド　113-14
好奇心旺盛なアリス　187
木口木版　23
孤独（詩）　2
ことばの梯子　156
子ども部屋のアリス　viii, 4, 6, 22, 121

## さ

ザ・ゲーム・オブ・アリス・イン・ワンダーランド　xii, 159
ザ・シンプソンズ　101, 119, 138
ザ・ニュー・アンド・ディヴァーティング・ゲーム・オブ・アリス・イン・ワンダーランド　159

ザ・ランド・ビヨンド・ザ・マジック・ミラー　164
財政の国のジョン・ブル　126
サボ、ジョーフィア　101, 167, 192
サリヴァン、アーサー　40
失敗の国に迷い込んで　125
失敗の国のクララ　125-26
ジャバーウォッキー（テリー・ギリアム監督）　68
少女アリス（デヴィッド・デル・トレディチ楽曲）　152-53
スチームパンク・アリス　185
ステッドマン、ラルフ　28-29
スナーク狩り　23, 26
セティ、ヤスミン　163
セントラルパークの不思議の国のアリス像　175

## た

ダム・ディー・トゥイードル　153
ダリ、サルバドール　28
ダンジョンランド　164
チェスセット　155, 161, 163
地下の国のアリス　3, 8, 11, 16, 22
チャーリー・マッカーシーと不思議の国のアリス　78
チャールズ・ドジソン牧師（ルイス・キャロルの父）　1, 39
注釈版アリス　vii, 138, 148
ツヴェルガー、リスベート　36, 195
DCコミックス　137
ディズニー、ウォルト　101-02, 104-11, 178
ディズニーランド　178-79
テニエル、ジョン　viii, 3-6, 13-14, 19-23, 25-26, 33, 42, 50, 56,
　　59, 62, 66, 84-85, 91-92, 106, 109, 122, 126, 134, 137, 139,
　　141, 148, 159, 162, 168-69, 175, 180, 182
テニエルのチェスボード　162
トゥイードルディーとトゥイードルダム（ボブ・ディラン楽曲）　147
ドジソン、チャールズ・ラトウィッジ　→ルイス・キャロル（チャール
　　ズ・ラトウィッジ・ドジソン）
トムソン、E. ガートルード　viii, 4, 6, 16, 159
ドリームチャイルド　70-72, 78
ドント・カム・アラウンド・ヒア・ノー・モア　151

## な

ニューウェル、ピーター　22-23, 30

## は

ハーグリーブス、アリス　→リデル（ハーグリーブス）、アリス・プレ
　　ザンス
ハートの国のアリス　189
ハドソン、グウィネッズ　34
針穴の国のアリス：アリスのさらなる冒険　133
ハローキティの不思議の国のアリス　189
PandoraHearts（パンドラハーツ）　188

ピーク、マーヴィン　26-27
ファイナル・アリス　152-53
ファッショナブルなアリス　180-85
ファンアート　vii, 167, 192
ファンフィクション　191
不思議の国のアリス（BBC放送）　78
不思議の国のアリス（J.オットー・シーボルド著作）　141
不思議の国のアリス（W. W. ヤング監督・脚本）　58
不思議の国のアリス（アトラクション）　179
不思議の国のアリス（ウィールドン、ライト、タルボット共同作品）
　　53
不思議の国のアリス（ウィリアム・スターリング監督）　66
ふしぎの国のアリス（ウォルト・ディズニー映画）　viii, 102, 105-06,
　　108-11, 113, 159, 165, 178-79, 183
ふしぎの国のアリス（ゲームソフト）　165
不思議の国のアリス（ジョナサン・ミラー監督）　viii, 80-81
不思議の国のアリス（陳、ファン共同作品）　49
不思議の国のアリス（ニール・セダカ楽曲）　147
不思議の国のアリス（ニック・ウィリング監督、1999年）　92, 95,
　　141
不思議の国のアリス（ノーマン・マクロード監督）　62, 65
不思議の国のアリス（バウアー、ブーニン共同監督）　105
不思議の国のアリス（バッド・ポラード監督）　60-61
不思議の国のアリス（ハリー・ハリス監督）　86
不思議の国のアリス（バリー・レッツ監督）　89
不思議の国のアリス（ピーター・ウェステルゴール作品）　50
不思議の国のアリス（フリーバス、ル・ガリエンヌ共同作品）　42-43,
　　45, 78
不思議の国のアリス（ヘプワース、ストウ共同監督）　xii, 56-57
不思議の国のアリス（ホールマーク・ホール・オブ・フェイム枠テレビ放
　　映）　78
不思議の国のアリス（メアリー・ウェーバー著作）　144
不思議の国のアリス（ルイス・キャロル原作）　vii-viii, xi-xii, 1, 3-6,
　　8-10, 13, 19-23, 25-26, 28, 30, 33-34, 36, 39-40, 50, 53, 55,
　　58, 67, 75, 78, 81-82, 86, 89-90, 92, 96, 101, 103-04, 106,
　　109, 115, 119, 121-22, 130, 133-34, 137, 146-49, 151-53,
　　155, 158-59, 161, 164, 167, 172, 177, 180, 182-83, 185-86,
　　188
不思議の国のアリス（ロバート・サブダ著作）　141
不思議の国のアリス〔君のような素敵な子がこんなところで何してるの〕
　　112
不思議の国のアリス〔フェアリー・コメディー〕　58
不思議の国のアリス ミュージカル版　40, 42
不思議の国のアリス：色の絵本　141
不思議の国のアリスカード　159
不思議の国のアリス症候群　177, 187
不思議の国のベティ　103
不思議の国の美幸ちゃん　188
古い不思議の国の新しいアリス　xii, 122

ブレイク、ピーター　36
文法の国のグラディス　127
ポガニー、ウィリー　19, 26
ホワイト・ラビット（ジェファーソン・エアプレイン楽曲）　149, 186

## ま
マックイーン、アレキサンダー　182
マッド・ハッター（チック・コリア作品）　149
マッドハッター（レーナード・スキナード楽曲）　147
ミッキーの夢物語　104, 106
未来少女アリス（ジェフ・ヌーン著作）　132-33, 185
無声映画　xii, 55-58, 102, 106
モーザー、バリー　30-31
もつれっ話　156

## や
喜びの国のアリス　126

## ら
ラッカム、アーサー　19, 23-25

ラトウィッジ、フランシス・ジェーン（ルイス・キャロルの母）　1
リサ・コミックス：リサ・イン・ワードランド　138
リデル（ハーグリーブス）、アリス・プレザンス　vii, 1-2, 4-6, 8-9, 11, 13-14, 16, 30, 45, 65, 71-72, 78, 133-34, 150, 152, 156
量子の国のアリス——量子力学をめぐる不思議な物語！　127
ルイス・キャロル（チャールズ・ラトウィッジ・ドジソン）　vii-viii, xi-xii, 1-6, 8-11, 13-14, 16-17, 19-23, 26, 28, 30, 33-34, 36, 39-40, 42, 45-46, 49-50, 53, 55, 58, 61-62, 66-68, 71-72, 77-78, 81-82, 85-86, 89, 91-92, 95-96, 102, 104, 106, 109-14, 117, 121-22, 126-27, 130, 133-34, 138-39, 141, 147-50, 152-53, 155-56, 158, 160-61, 164, 168, 175, 177, 179, 185-89
ルイス・キャロル協会　vii, 158, 195
ルーシー・イン・ザ・スカイ・ウィズ・ダイアモンズ　146-47

## わ
忘れ得ぬ君　133
ワンス・アポン・ア・タイム・イン・ワンダーランド　96-97
ワンダーランド（カードゲーム）　159

# 写真クレジット

Back cover: *The Queen has come!*
Illustration by Sir John Tenniel 1871
© Walker Art Library / Alamy

## イントロダクション

p.ii and throughout: © Shutterstock
p.iii: *Cheshire Cat* © Ken Turner
 (Beehive Illustration)
p.iv: © Shutterstock
p.iv and throughout: old paper texture
© Shutterstock
p.v: *Alice in Wonderland* by Philip
Mendoza © Look and Learn /
Bridgeman Images
p.vi: © Lisbeth Zwerger
p.ix: *Alice* © Ken Turner (Beehive
Illustration)
p.x: *The White Rabbit*, 2003, Broomfield,
Frances © Frances Broomfield / Portal
Gallery, London / Bridgeman Images
p.xiii: *In the Duchess's Kitchen* by Arthur
Rackham (1867–1939) © Private
Collection / Bridgeman Images

## 第1章

p.xiv: *Alice and the Dodo.* Illustration by
Sir John Tenniel 1871 © Walker Art
Library / Alamy
p.1 and throughout: Vintage label ©
Shutterstock
p.1: Alice cover 1908 © Mary Evans
Picture Library / Alamy
p.2: Edith, Ina and Alice Liddell on
sofa, 1858. Photograph by Lewis
Carroll © SSPL via Getty Images
pp.3–4: © The British Library / The
Image Works

p.5: *Alice and the Dodo.* Illustration by
Sir John Tenniel 1871 © Walker Art
Library / Alamy
p.6: © British Library / Robana / R /
Rex USA
p.7: © Mary Evans Picture Library / Alamy
p.8: © The British Library / The Image
Works
p.9: © SSPL via Getty Images
p.11: © Getty images
p.12: *The White Rabbit* by John
Tenniel,(1820–1914) © Private
Collection / Bridgeman Images
p.13 left: © Pictorial Press Ltd / Alamy
p.13 right: *The Dormouse in the Teapot*
by John Tenniel (1820–1914) (after)
Private Collection / © Look and
Learn / Bridgeman Images
p.14 left: *Alice in the Sheep's Shop* by Sir
John Tenniel © Timewatch Images /
Alamy
p.14 right: By John Tenniel (1820–1914)
© AF Fotografie / Alamy
p.15: *The Queen has come!* Illustration by
Sir John Tenniel 1871 © Walker Art
Library / Alamy
pp.16–17: © Getty images

## 第2章

p.18: © Lisbeth Zwerger
p.19: *Mad Hatter* by Philip Mendoza ©
Look and Learn / Bridgeman Images
p.20 left: © The LIFE Picture
Collection / Getty Images
p.20 right: © Heritage Images / Getty
Images
p.21: *The Duchess with her Family* by John
Tenniel © Classic Image / Alamy

p.22 left: *Knight, Death and the Devil*,
1513 by Albrecht Dürer (1471–1528) ©
Hungarian National Gallery, Budapest,
Hungary / Bridgeman Images
p.22 right: © Timewatch Images / Alamy
p.23: © Peter Newell
pp.24 and 25 top right. © Stapleton
Collection / Corbis
p.25 bottom left: *The White Rabbit* by
Arthur Rackham (1867–1939) © Peter
Nahum at The Leicester Galleries,
London / Bridgeman Images
p.26: Willy Pogany (Hungarian-
American, 1882–1955) Alice's
Flamingo, *Alice's Adventures in
Wonderland* page 124. Image supplied
by Meier And Sons Rare Books
p.27: Reprinted by permission of
Peters Fraser & Dunlop (www.
petersfraserdunlop.com) on behalf
of Mervyn Peake
p.28 left: © Salvador Dalí, Fundació
Gala-Salvador Dalí, Artists Rights
Society (ARS), New York 2014.
Courtesy Stapleton Collection / Corbis
p.28 right: Max Ernst. © 2014 Artists
Rights Society (ARS), New York /
ADAGP, Paris
p.29: © Ralph Steadman.
pp.30–31: © Barry Moser
pp.32–33: Illustration © 1999
Helen Oxenbury. From
*ALICE'S ADVENTURES IN
WONDERLAND* illustrated by
Helen Oxenbury Reproduced by
permission of Walker Books Ltd,
London SE11 5HJ www.walker.co.uk
p.34 left: Mabel Lucie Attwell Courtesy
Lebrecht Authors / Lebrecht Music &

Arts / Corbis © Lucie Attwell Ltd
p.34 right: Gwynedd Hudson © The British Library Board YA.1997.b.4119 opposite page 126
p.35: Gwynedd Hudson © The British Library Board YA.1997.b.4119 opposite page 64
p.36: *And To Show You I'm Not Proud*, 1971 © Peter Blake (b.1932). All rights reserved, DACS / Artists Rights Society (ARS), New York 2014 Courtesy of British Council Collection / Bridgeman Images
p.37: © Lisbeth Zwerger

## 第3章

p.38: © Elliott Franks / Eyevine / Redux
p.39: © Shutterstock
p.41: © Print Collector / Getty Images
p.43: © Philippe Halsman / Magnum Photos
p.44: © Bettmann / Corbis
p.47: Photo by Martha Swope / © The New York Public Library
pp.48-49 © Getty Images
p.51: © Hiroyuki Ito / *The New York Times* / Redux
p.52: © Elliott Franks / Eyevine / Redux

## 第4章

p.54: © Aaron Francis / Newspix / Re / REX USA
pp.55-56: © AF Fotografie / Alamy
pp.57-61: Courtesy Everett Collection
p.62: © Getty images
p.63: © Glasshouse Images / Alamy
p.64: Courtesy Everett Collection
p.65 top: © Album / SuperStock
p.65 bottom: © John Springer Collection / CORBIS
p.66: © REX USA
p.67: *Alice in Wonderland* poster. All reasonable attempts have been made to contact the copyright holders of all images. You are invited to contact the publisher if your image was used without identification or acknowledgment.
p.67 bottom left: © iStockphoto
p.68: Courtesy Everett Collection
p.69: © Columbia Pictures / Courtesy Everett Collection
p.70 top: © REX USA
p.70 bottom: © Universal / Courtesy Everett Collection
p.72: © The Granger Collection, NYC,

All rights reserved.
p.73: © AF archive / Alamy
p.74 top left: © Photos 12 / Alamy
p.74 top right: © WENN UK / Alamy
p.74 bottom left: © Shutterstock
p.74 bottom right: © Daniel Knighton / Polaris

## 第5章

p.76: © AF archive / Alamy
p.77: © Shutterstock
pp.79-80: Copyright © BBC Photo Library
p.83: Courtesy Everett Collection
p.84: © Classic Image / Alamy
p.85 top: © Shutterstock
p.85 bottom: Copyright © BBC Photo Library
p.86: Courtesy Everett Collection
p.87: © Columbia Pictures / Courtesy Everett Collection
p.88: Copyright © BBC Photo Library
p.89: © Shutterstock
p.90: © Disney Channel / Courtesy Everett Collection
p.91: © AF archive / Alamy
p.92: Courtesy Everett Collection
p.93: © AF archive / Alamy
pp.94-95: © Sci-Fi Channel / Courtesy Everett Collection
pp.97-99: © ABC via Getty Images

## 第6章

p.100: Courtesy Everett Collection
p.101: © Zsófia Szabó – Graphic designer and Illustrator www.behance.net/ZsofiaSzabo and www.ZsofiaSzabo.tumblr.com
p.102: Courtesy Everett Collection
p.103: Courtesy Darryl Hirschler. All reasonable attempts have been made to contact the copyright holders of all images. You are invited to contact the publisher if your image was used without identification or acknowledgment.
p.104 left: © Shutterstock
p.104 center: © Ronald Grant Archive / Alamy
p.105 left: © Shutterstock
p.105 center: Lou Bunin's *Alice in Wonderland*. All reasonable attempts have been made to contact the copyright holders of all images. You are invited to contact the publisher if your image was used without

identification or acknowledgment.
p.107: © Popperfoto/Getty Images
p.108: Courtesy Everett Collection
p.109 left: © Shutterstock
p.109 center: © Pictorial Press Ltd / Alamy
p.110 left: © Shutterstock
p.110 center: © Walt Disney / Courtesy Everett Collection
p.111: *Walrus and the Carpenter* by Ron Embleton (1930–88) © Look and Learn / Bridgeman Images
pp.113-114: © AF archive / Alamy
pp.115-118: © Photos 12 / Alamy
p.119: © 20thCentFox / Courtesy Everett Collection

## 第7章

p.120: © Leanne Yee Yu www.leannepet.wordpress.com and www.behance.net/leannepet
p.121: © Mary Evans Picture Library / Alamy
pp.122-123: © Anna Richards Brewster, courtesy Susan McClatchy
p.128: Tweedledum and Tweedledee, 1998 by Frances Broomfield © Frances Broomfield / Portal Gallery, London / Bridgeman Images
p.129 left: © Shutterstock
pp.130-131: © Everett Collection Historical / Alamy
p.132: © Harry Trumbore
p.134: © Shutterstock
p.135: *Alice in Sunderland* © Bryan Talbot
pp.137-137: TM and © DC Comics
p.138: Bongo Comics: Reprinted from *Lisa Comics #1: Lisa in Wordland*. © 1995 Bongo Entertainment, Inc. The Simpsons TM & © Twentieth Century Fox Film Corporation. All Rights Reserved.
p.139: *The Alice in Wonderland Cookbook*, 1976. All reasonable attempts have been made to contact the copyright holders of all images. You are invited to contact the publisher if your image was used without identification or acknowledgment.
p.140 background: © Shutterstock
p.140: Reprinted with the permission of Little Simon, an imprint of Simon & Schuster Children's Publishing Division from *ALICE'S ADVENTURES IN WONDERLAND* (Pop-Up Adaptation) by Robert Sabuda. Copyright © 2003 Robert Sabuda.
p.141: Babylit colour primer © Alison

Oliver – artist / Jennifer Adams – author / Gibbs Smith Publisher

pp.142–144: Reprinted with the permission of Little Simon, an imprint of Simon & Schuster Children's Publishing Division from *ALICE'S ADVENTURES IN WONDERLAND* (Pop-Up Adaptation) by Robert Sabuda. Copyright © 2003 Robert Sabuda.

p.145 top left: © British Library / Robana via Getty Images

p.145 top middle: © British Library / Robana / R / Rex USA

p.145 center left: © Mary Evans Picture Library / Alamy

p.145 center middle: © Lebrecht Authors/ Lebrecht Music & Arts/Corbis

p.145 bottom right: Courtesy The Little Book Store at www.thelittlebookstore.co.uk

p.146: © Getty Images

p.148: © FromOldBooks.org / Alamy

p.149 far right: © Shutterstock

p.149 right: *The Mad Hatter* / Chick Corea © Polydor

p.150 left: Goodbye *Alice in Wonderland* / Jewel © Atlantic Records

p.150 right: *Alice* / Tom Waits © Epitaph Records

p.150 bottom: © Shutterstock

p.151: © Redferns / Getty Images

p.152: © The LIFE Images Collection / Getty Images

p.153: *Alice in Wonderland*, Mendoza, Philip (1898–1973) © Look and Learn / Bridgeman Images

p.153 background: © Shutterstock

## 第8章

p.154: *Alice in Wonderland*, Mendoza, Philip (1898-1973) © Look and Learn / Bridgeman Images

p.155 left: Toys: Photograph by Stewart Mark, Camera Press London.

p.155 right: Cards: © Shutterstock

pp.157–158: © Victoria and Albert Museum, London

p.159 left: De La Rue box. All reasonable attempts have been made to contact the copyright holders of all images. You are invited to contact the publisher if your image was used without identification or acknowledgment.

p.159 right: The Mad Hatter Carreras Cigarette Card. c.1929 © Lake

County Discovery Museum / UIG / Bridgeman Images

p.160: *The Queen of Hearts*, 1999 (oil on canvas), Barry, Jonathan © Private Collection / Bridgeman Images

p.161 left: © Shutterstock

p.162: Original Sir John Tenniel hand painted chessboard. Images courtesy of the brand *Alice Through the Looking Glass* ®

p.162 background: © Shutterstock

p.163: © Yasmin Sethi

p.164: © Shutterstock

p.167 top: *American McGee's Alice* image used with permission of Electronic Arts Inc.

p.167 bottom: © Zsófia Szabó – Graphic designer and Illustrator www.behance.net/ZsofiaSzabo and www.ZsofiaSzabo.tumblr.com

pp.168–169: © Atomic Antelope

pp170–171: © Guinness images courtesy of Diageo Ireland

p.172 top left: Doll by © "Katy and the cat" www.artworks-snezana.blogspot.it

p.172 top right and bottom: © Courtesy of The Strong®, Rochester, New York

p.173: © Victoria and Albert Museum, London

p.174: dolls all © Courtesy of The Strong®, Rochester, New York

p.175: © Laperruque / Alamy

## 第9章

p.176: © Sito Alvina (photographer). model: Andi Autumn

p.177: © Shutterstock

p.178: © SJH Photography / Alamy

p.179: © John Gaffen / Alamy

pp.180–181: © KIM KYUNG-HOON / Reuters / Corbis

p.182: © Marzari Emanuele / Sipa

p.183: © WENN UK / Alamy

p.184: © Alexandria LaNier

p.185: © Sito Alvina (photographer). model: Andi Autumn

p.185 right: © Shutterstock

p.186: All reasonable attempts have been made to contact the copyright holders of all images. You are invited to contact the publisher if your image was used without identification or acknowledgment.

p.186 background: © Shutterstock

p.188: © 2006 Sakura Kinoshita, GENTOSHA COMICS INC. Japan

p.189: Photograph by Richard

Stonehouse, Camera Press London

p.190: © WENN UK / Alamy

pp.191 & 193: © Jaume Vilanova i Bartrolí (Illustrator and paper engineer) www.jaumevilanova.com / Jesús Planagumà i Valls (Graphic designer)

p.192: © Zsófia Szabó – Graphic designer and Illustrator www.behance.net/ZsofiaSzabo and www.ZsofiaSzabo.tumblr.com

p.194: © Lisbeth Zwerger

p.195: *Who Stole the Tarts?* 2000 (oil on canvas), Barry, Jonathan © Private Collection / Bridgeman Images

## アリスのワンダーランド
### －『不思議の国のアリス』150年の旅－

2016年8月25日　初版1刷発行

著者／キャサリン・ニコルズ

訳者／熊谷小百合
(翻訳協力 株式会社トランネット)

ＤＴＰ　高橋宣壽

発行者　荒井秀夫
発行所　株式会社ゆまに書房
　　　　東京都千代田区内神田2-7-6
　　　　郵便番号　101-0047
　　　　電話　03-5296-0491（代表）

ISBN978-4-8433-4983-0 C0097
落丁・乱丁本はお取替えします。
定価はカバーに表示してあります。

Printed and bound in China